Paolo Maurensig

SPIEGELKANON
Canone inverso

Roman

Aus dem Italienischen von
Irmela Arnsperger

Hoffmann und Campe

Die Originalausgabe erschien unter dem Titel
Canone inverso bei Mondadori, Mailand
Copyright © 1996 by Arnoldo Mondadori Editore S.p.A.,
Mailand

Die Deutsche Bibliothek – CIP-Einheitsaufnahme
Maurensig, Paolo:
Spiegelkanon: Roman = Canone inverso/Paolo Maurensig.
Aus dem Ital. von Irmela Arnsperger.
– 1. Aufl. – Hamburg: Hoffmann und Campe, 1997
ISBN 3-455-04777-7

Für die deutsche Ausgabe:
Copyright © 1997 by Hoffmann und Campe Verlag, Hamburg
Schutzumschlaggestaltung: Büro Hamburg unter Verwendung
eines Fotos von BBC Hulton Picture Library
Satz: Utesch, Hamburg
Druck und Bindung: Clausen & Bosse, Leck
Printed in Germany

Für Sonia

Über die Anfänge der Streichinstrumente erzählt
man sich, daß die Göttin Parvati, die Frau Shivas, sich entschlossen hatte, dem Menschen etwas zu schenken, weil sie angesichts des Schicksals, das ihn bei seinem irdischen Abenteuer erwartete, Mitleid empfand; etwas, das ihn vor den Dämonen schützen und ihm ermöglichen sollte, auf Erden die Welt der Götter zu finden, falls er es wollte. Aber Shiva, eifersüchtig über diese Aufmerksamkeit, zerstörte ihr Geschenk mit einem einzigen Schlag. Die Bruchstücke fielen in die Meere und auf die Wälder herab, schufen die Muscheln und die Schildkröten, drückten sich in das Holz der Bäume ein, sanken sogar bis hinab in die Hüften der Frau. Unversehrt gelangte zum Menschen nur der Bogen, er wurde jedoch durch viele Generationen als Waffe benutzt. Er war die erste schwingende Saite. Viele göttliche Zeitalter sollten vergehen, bis es dem Menschen gelang, aus einem Schildkrötenpanzer ein erstes Saiteninstrument zu bauen, das jedoch noch mit dem Finger gezupft wurde. Erst als sich das letzte und furchterregendste Zeitalter näherte, entdeckte der Mensch, wie

sein Bogen gebraucht werden konnte, um Saiten zum Schwingen zu bringen und auf diese Weise den anhaltenden Ton nachzuahmen, der die Welt geschaffen hatte, den Hauch, den Shivas, des tanzenden Gottes, wirbelndes Kleid hervorbrachte. Er, der das Universum regiert und die Ordnung aufrechterhält.

Vor einiger Zeit war es mir gelungen, auf einer Auktion von Musikinstrumenten bei Christie's in London eine Geige von Jakob Stainer, einem der geachtetsten Tiroler Geigenbauer des siebzehnten Jahrhunderts, für nur zwanzigtausend Pfund zu erwerben. Ich konnte mich glücklich schätzen, wäre ich doch bereit gewesen, jeden Preis zu bezahlen, um sie zu bekommen.

Das Instrument wurde mir am nächsten Morgen in das Hotel Dorchester, in dem ich wohnte, zugestellt. Als letzter Besitzer war auf dem beigefügten Zettel der Name einer psychiatrischen Anstalt in Wien eingetragen, die ich gut kannte.

An diesem Tag bereitete ich ein präzises und penibles Ritual vor. Als erstes ließ ich mir das Essen aufs Zimmer bringen, dann schickte ich den Kellner weg, schloß die Tür ab, wickelte das Paket aus, nahm das Instrument aus dem Pappkarton und stellte es aufrecht auf einen niedrigen Atlassessel, den ich zuvor in die Mitte des Zimmers gerückt hatte. Ich schob den Vorhang beiseite, stellte auf der Suche nach dem besten Lichteinfall den Sessel mehrmals an einen anderen Platz und setzte mich schließlich zu Tisch. In Gedanken genoß ich bereits einen köstlichen Nachmittag: die Begegnung, die Heimlichkeit, die Blicke, die Erwartung; ich verhielt mich wie beim ersten Rendezvous mit einer schönen Frau. Der Vergleich hinkte nur insofern, als der Gegenstand meiner Begierde schon mehr als dreihundert Jahre alt war. Aber sonst war alles da: die Leidenschaft, die Eifersucht, die Unersättlichkeit, verbunden mit der stets drohenden Angst vor dem Verlust.

Ich bereitete mich also darauf vor, meine Mahlzeit in aller Ruhe einzunehmen und dabei das Auge auf seine Kosten kommen zu lassen. Erst am Ende des Essens wollte ich den Kauf etwas näher in Augenschein nehmen. Zuerst wollte ich die Geige lange betrachten und soweit wie möglich mit einer Lupe alle Einzelheiten bis hinein ins Innere durch eine der *f*-förmig gewundenen Ritzen untersuchen, durch die ein auf dem Boden aufgeklebtes verblaßtes und fast unleserliches Etikett zu erkennen war. Ich wollte die beiden einzig verbliebenen Saiten, die infolge ihres Alters zu reißen drohten, ersetzen. Und schließlich wollte ich ihren Klang hören.

Das Instrument befand sich in einem guten Zustand. Es war vermutlich nicht besonders sorgfältig behandelt worden, aber sicher bedurfte es keiner Reparatur durch einen feinfühligen Geigenbauer. Oder höchstens wegen kleiner abgesplitterter Stellen und dort, wo Lack abgeplatzt war, besonders an einer Stelle an der Unterseite, wo man das nackte Holz sehen konnte: offen-

sichtlich war die Geige immer ohne Kinnhalter benutzt worden.
Als bemerkenswertes Detail war ein kleiner anthropomorpher Kopf anstatt der traditionellen Schnecke auf dem Wirbelkasten eingeschnitzt. Ungewöhnlich für eine Geige, normalerweise sind diese winzigen Holzschnitzereien auf Bratschen und anderen größeren Instrumenten zu finden; und sie stellen meistens Löwenköpfe oder groteske Gesichter dar und haben eine eher beschwörende als schmückende Bedeutung. Diese hier gab hingegen sehr genau das Gesicht eines Mannes wieder, man könnte sagen, eines Mamelucken, mit langem, herabhängenden Schnurrbart, wildem Gesichtsausdruck und wie zu einem Schmerzensschrei oder einem Fluch weit aufgerissenem Mund. Ich hatte immer gedacht, diese sei die letzte Geige von Stainer. In diesem Gesicht wollte er vielleicht die Furie des Wahnsinns darstellen, die über ihn gekommen war und ihn hinwegraffen sollte.
Kaum hatte ich mich an den Tisch gesetzt, da klingelte das Telefon. Die Rezeption kündigte mir den Besuch einer Person an, die von Christie's käme. Ich dachte, daß es sich um irgendeine weitere Formalität bezüglich des Kaufes handelte, aber der Mann, den ich einige Minuten später einließ, sah nicht aus wie ein Angestellter.
Er schien erregt zu sein. Er fragte mich, ob ich derjenige sei, der am Vortag bei Christie's eine Geige gekauft hatte. Angesichts seiner derart direkten Frage fürchtete

ich, einen Polizeibeamten vor mir zu haben, der, wer weiß, vielleicht gekommen war, um mich davon zu unterrichten, daß beim Kauf irgend etwas ungesetzlich war. Tatsächlich kommt es manchmal – wenn auch selten – vor, daß sich auf einer Auktion ein Objekt als gestohlen, vermißt oder auch lediglich als nicht zum Kauf zugelassen herausstellt. Und dann wird das Geschäft hinfällig. Mich packte große Unruhe. Ich sah mich schon meine kostbare Geige zurückgeben. Aber der Mann, dessen Namen, mit dem er sich vorgestellt hatte, ich schon wieder vergessen hatte, war kein Gesetzeshüter. Der Kauf war völlig ordnungsgemäß. Er selber versicherte mir das sofort, als ihm meine Unruhe aufgefallen war. Er hatte bereits die auf dem Sessel schön zur Schau gestellte Geige bemerkt, und nachdem ihm bewußt geworden war, daß er durch sein Hereinplatzen mein Zeremoniell unterbrochen hatte, wollte er mich auf irgendeine Weise entschädigen. Er sagte, ich hätte Glück gehabt, keinen Mitbieter vorgefunden und nur den Preis der ursprünglichen Schätzung für dieses Instrument bezahlt zu haben. Er fügte hinzu, er sei zwar durch die Anzeige des Auktionators informiert gewesen, aber aufgrund einer Reihe von unglücklichen Umständen nicht rechtzeitig zum Termin in den Sälen an der King Street in St. James's gekommen. Während er sprach, konnte er den Blick nicht von der Geige losreißen, er bewegte sich vor und zurück, als wolle er sie sich in jedem Lichteinfall ansehen. Er wagte es jedoch nicht, ihr allzu nah zu kommen, auch wenn ich ahnte,

daß genau dies sein Wunsch war, sie sorgfältig zu untersuchen.
Ich versuchte standhaft, bei der Überzeugung zu bleiben, daß der Fremde für mein kostbares Instrument keine Gefahr bedeutete. Aber ruhig war ich nicht. Ich fragte mich fortwährend nach dem Grund dieses Besuches. Nach seinem Verhalten zu urteilen, hätte ich gesagt, er sei ein Sammler, ein Liebhaber alter Instrumente, der sich verspätet hatte und der gekommen war, dem zu gratulieren, der mehr Glück gehabt hatte als er, und vielleicht, um diesem kostbaren Stück, das er sich hatte entgehen lassen, einen letzten Abschiedsgruß zu geben. Es sei denn ...
Und meine Befürchtung bewahrheitete sich fast augenblicklich. Er wurde plötzlich nervös, als sei er kurz davor, etwas wenig Höfliches zu sagen, und fragte mich, ob ich gewillt sei, ihm die Geige für den doppelten, ja den dreifachen Preis, den ich bezahlt hatte, abzutreten. Ich solle den Preis festsetzen, sagte er, wie von seiner eigenen Dreistigkeit fortgerissen. Schließlich, als habe ihn dieser Ausbruch erschöpft, bat er mich um die Erlaubnis, sich setzen zu dürfen, und ließ sich in einen Sessel fallen.
»Das ist der Beweis, daß ich nicht geträumt habe ...«, schien er leise, aber offensichtlich nicht an mich gewandt, zu sagen. Und ich versuchte auch nicht zu erfahren, was er mit diesen Worten sagen wollte. Wir blieben in ein Schweigen versunken, aus dem es keinen Ausweg zu geben schien. Ich fühlte mich nicht

imstande, ihn irgend etwas zu fragen, und auch er schien nicht bereit zu sein, den Mund zu öffnen. Ich schenkte ihm ein Glas Wein ein, das er nicht zurückwies, das er aber lange in der Hand hielt, ohne es ein einziges Mal an die Lippen zu führen. Er schien sich beruhigt, oder besser gesagt, sich gefügt zu haben. Irgendwann stand er auf, stellte das Glas hin, und auf dem Weg zur Tür entschuldigte er sich für das unangebrachte Hereinplatzen und für sein abwegiges Anliegen. Er sei sich, sagte er, seiner eigenen Einfalt bewußt. Das Angebot, mir die Geige zum dreifachen Preis abzukaufen, sei außerdem völlig außerhalb seiner Möglichkeiten, er könne es sich gar nicht leisten, eine solche Summe zu bezahlen. Doch selbst wenn er sie zur Verfügung gehabt hätte, war klar, daß ich mich seinen Wünschen niemals gebeugt hätte. Er erklärte also, es täte ihm leid, mir Unannehmlichkeiten bereitet und mich beim Mittagessen gestört zu haben.

Ich fühlte mich erleichtert. Aber nur für einen Augenblick. Sein unerwarteter Entschluß zu gehen, ohne mir zu sagen, wer er war und warum er sich dermaßen für diese Geige interessierte, verdroß mich.

»Meinen Sie nicht, daß Sie mir eine Erklärung schuldig sind?« fragte ich ihn, kurz bevor er die Tür öffnete. Der Mann hielt inne und kam kopfschüttelnd wieder zurück.

»Ich bin kein enttäuschter Sammler, wie mein Verhalten vermuten läßt«, erklärte er. »Und ich bin auch kein Geiger«, fügte er hinzu. »Ich bin nur ein Liebhaber, ein

Besessener. Ich besitze tatsächlich einige Instrumente, aber es handelt sich nicht um eine Sammlung im eigentlichen Sinne. Zu Hause habe ich ein paar Geigen von Mittenwald, die meinem Großvater gehörten, und ein modernes Violoncello, auf denen ich manchmal spiele, aber aus reiner Freude.«
»Sie scheinen ein Kenner zu sein«, sagte ich.
»Das bißchen, was ich über Geigen weiß, habe ich von einem Freund, der Geiger ist.«
»Und warum interessieren Sie sich für diese Geige?«
»Ich bin Schriftsteller, und mit dieser Geige ist eine Geschichte verbunden. Eine schreckliche Geschichte, die ich aber zu Ende bringen möchte. Und sie ist auch der Beweis, daß die Person, die sie mir erzählte, wirklich existierte, auch wenn das noch nicht alles erklärt.«
»Wirklich existierte? Was wollen Sie damit sagen?« Ich fürchtete allmählich, einen Geistesgestörten vor mir zu haben.
Bei dieser letzten Frage durchquerte der Mann mit großen Schritten den Raum und ergriff entschlossen die Geige. Mit dieser Geste hatte ich nicht gerechnet, und mich packte die Angst. Er trug sie zum Fenster, um sie besser betrachten zu können. »Sie gestatten doch?« Innerlich zitterte ich. In diesem Augenblick hätte er ich weiß nicht was tun können: durch die Tür schlüpfen und mit dem Instrument fliehen oder, noch schlimmer, es an der Wand zerschmettern oder auch, da das Fenster halb offen war, auf die bevölkerte Park Lane hinunterwerfen können. Glücklicherweise tat er nichts

dergleichen, und als er mir die Geige zurückgab, konnte ich nicht anders, als ein Hochgefühl, fast Freude empfinden.

»Was wollten Sie mit ›wirklich existieren‹ sagen?« fragte ich ihn ein zweites Mal.

Der Mann dachte lange nach, bevor er antwortete. »Ich wollte damit sagen: ein Lebewesen aus Fleisch und Knochen.«

Er sah mich an, um meine Reaktion zu beobachten. »Ich möchte nicht als verrückt gelten. Ich kannte den Besitzer dieser Geige, und später kamen mir Zweifel an seiner Existenz. Bis ich rein zufällig den Katalog von Christie's durchblätterte. Deshalb war mir daran gelegen, diesen einzigen Beweis zu besitzen. Aber vielleicht sollte ich alles von Anfang an erzählen.«

Ich setzte mich in den Sessel und lud ihn ein, ebenfalls Platz zu nehmen und zu erzählen. Der Unbekannte zögerte einen Augenblick lang, dann begann er zu sprechen.

Das Ereignis, von dem ich Ihnen erzählen will, trug sich vor einem Jahr in Wien zu. Wie ich bereits sagte, bin ich kein Musiker. Ich bin nur ein Liebhaber, ein Musikbesessener. Die Musik ist meine Trösterin. In ihrem flüchtigen Wesen, in ihrer ständigen Selbstvernichtung ähnelt diese Kunst der Vorstellung, die ich mir vom Leben gemacht habe.

Im letzten Jahr war der dreihundertste Geburtstag von Bach, und in ganz Europa gedachte man dieses Datums mit einer ungewöhnlichen Reihe von Konzerten. So bot sich eine gute Gelegenheit, eine musikalische Pilgerreise durch die europäischen Hauptstädte zu machen. Eine der Etappen, nach Leipzig und München, war natürlich Wien, wo im Brahmssaal das Neue Wiener Barockensemble unter dem Dirigenten Heinz Prammer neben den sechs *Brandenburgischen Konzerten* die *Suite in h-Moll* und das *Konzert für Violine, Streicher und Basso continuo in E-Dur* auf dem Programm hatte. Sie waren, mit dreitägiger Unterbrechung, auf zwei Abende verteilt, an denen ich aber nicht Gefahr lief, mich zu langweilen. Der Sommer ging zu Ende, die Stadt war noch überfüllt und festlich gestimmt, und das Wetter wurde schön, abgesehen von einigen plötzlichen Gewittern.

Am Tag vor dem zweiten Konzert aß ich wie gewöhnlich in einem kleinen Restaurant in der Operngasse zu Abend. Als ich dann feststellte, daß es noch früh war, und ich noch keine Absicht hatte, schlafen zu gehen, hielt ich ein Taxi an und ließ mich nach Grinzing bringen, in das berühmte Viertel der Heurigen, der Gasthäuser, wo man einen köstlichen jungen Wein trinkt. Ich spazierte durch die Straßen des Stadtteils, spähte durch die Fensterscheiben und in die Höfe auf der Suche nach einem einladenden und nicht allzu überfüllten Lokal, wo ich den Rest des Abends verbringen wollte. Ich blieb vor einem Schild stehen, auf dem der Ausschnitt eines Bildes von Bruegel dem Älteren wiedergegeben war: der Tanz der Bauern zum Klang der Sackpfeife. Das Gemälde war umrahmt von den Worten Liebe, Freundschaft und Musik. Und nach der Musik zu urteilen, die man hörte, schien das Lokal, wenn auch keine Liebe und Freundschaft, zumindest ein wenig Fröhlichkeit zu bieten. Es war ziemlich voll, aber ich fand noch einen Platz.

Die Wiener sind in Wien, vor allem im Sommer, im Vergleich zu den Touristenlegionen eine klare Minderheit, doch an diesem Abend war ich überzeugt, in diesem Gasthaus, wenn nicht der einzige, so doch einer der wenigen anwesenden Fremden zu sein. Um mich herum trank und unterhielt man sich. Hin und wieder ertönte ein Trinkspruch, dem ich mich trotz meines zurückhaltenden Wesens anschloß. Das Stimmengewirr war intensiv, aber gedämpft, so daß jene nicht gestört wurden, die lieber der Musik zuhören wollten. Auf einem Holzpodium spielten zwei Musikanten volkstümliche Weisen, einer auf der Gitarre, der andere auf der Zither. Niemandem kam es in den Sinn, sie mit Gesang zu begleiten (wie es in den Bierkellern üblich ist), aber nach jedem Stück gab es Beifall und weitere Trinksprüche.

Schon lange hatte ich mich mit dem Gedanken getragen, eine Geschichte zu schreiben, deren Protagonist die Musik sein sollte. Bekanntlich kann die Musik einer Dichtung oder einem Theaterstück größere Eindringlichkeit verleihen und manchmal ansonsten banale Verse erhaben werden lassen. Aber soweit es mich betrifft, vermag sie kaum, etwas Dramatisches zu beschwören oder einzugeben. Im Gegenteil, sie stellt immer den sichersten Zufluchtsort vor den Dramen des Lebens dar. Trotzdem schlich sich in diesem Augenblick ein störender Gedanke in meinen Kopf. Die Musik hebt die Gefühle und sogar das Wesen des Menschen empor, aber die Wege dorthin müssen durch Gekreische, Krach und Dissonanz führen. Hinter der Musik, die mit Leichtigkeit und Perfektion ausgeführt wird, wie wir sie in der erlesenen Darbietung eines Orchesters oder eines Streichquartetts hören können, steckt die Spannung der sich kontrahierenden Nerven, das Strömen des Blutes, der Aufruhr der Herzen. Plötzlich ertappte ich mich dabei, wie ich meine geliebte Kunst in einem anderen Lichte sah. Ich stellte mir die Unendlichkeit der Töne vor, die sich Tag und Nacht auf der ganzen Welt emporschwingen, und mir kam die Anstrengung jener Menge von Individuen in den Sinn, die überall verstreut waren, die fortfahren zu kämpfen, um die Musik am Leben zu erhalten, wie ein Heer, das, vom gegnerischen Feuer dezimiert, weiter vorrückt, die Verluste mit immer neuen Kräften ersetzt und hinter sich ein mit zahlreichen Toten übersätes Feld hinterläßt.

Daran dachte ich, während ich die beiden Musikanten beobachtete, die nach dem Abspielen ihres Repertoires und dem Einsammeln einiger Schillinge für eine Mahlzeit am nächsten Tag schnell fortgingen. Sie ähnelten sich: es waren zwei alte Männer, vermutlich Brüder, und für diese Jahreszeit zu warm angezogen. Selbst ihre Bewegungen beim Einsammeln der Partituren vom Pult oder beim Einräumen der Instrumente in die Kästen ähnelten sich: eine ganze Folge von Gesten, die im Laufe von wer weiß wie vielen Jahren zur Routine geworden war, bis hin zum langsamen und vollständigen Leeren des Weinglases, das ihnen am Ende des Abends spendiert worden war, als sie bereits die Tasche umgehängt und den Hut auf dem Kopf hatten. Es war mir nicht aufgefallen, aber einer von ihnen, der Zitherspieler, war blind und stützte sich beim Gehen mit einer Hand auf die Schulter seines Gefährten.

Ich beobachtete, wie sie weggingen, und empfand dabei eine gewisse Melancholie. Vermutlich war dies ihre einzige Einnahmequelle. Und ich fragte mich, ob es einen Impresario gab oder nur den Zufall, der die Orte und die Zeiten ihrer Auftritte bestimmte. Unterdessen war, fast so, als sollte die Leere, die sie hinterlassen hatten, ausgefüllt werden, die Unterhaltung plötzlich intensiver geworden, aber ohne musikalische Untermalung war jede Fröhlichkeit verlorengegangen, und es schien nichts mehr auf der Welt zu geben, auf das man einen Trinkspruch hätte ausbringen können.
Kurz darauf ging die Eingangstür auf und ließ eine Traube kleiner Glocken erklingen, die über dem Türpfosten angebracht war. Herein kam der Mann dieser Geschichte.

Er war von unbestimmbarem Alter und gekleidet wie ein Kutscher: Stiefel, Mantel aus Wachstuch und auf dem Kopf eine Melone. Sein unerwartetes Erscheinen ließ alle Unterhaltungen verstummen. Man wußte nicht recht, was er war, ein Bettler oder ein Räuber. Hinten im Saal ertönte ein Kichern, das jedoch fast augenblicklich wieder verstummte. Wir verharrten alle in Schweigen, bis der Mann das Podium erreicht hatte und sich mehrmals vor dem Publikum verneigte, dann verkündete er mit allem Ernst, wobei er in possenhafter Würde seinen Hut zog, daß wir uns glücklich schätzen müßten, für einen Preis, den nur unser gutes Herz festlegen werde, einen großen Violinisten hören zu können. Bei diesen Worten regte sich das Publikum wieder. Aus dem Hintergrund rief ihm jemand etwas zu, und er entgegnete sofort im Dialekt mit einem Satz, den ich nicht verstand, den jedoch viele mit Beifall beantworteten.

Der Mann trug einen auffälligen herabhängenden grauen Schnurrbart nach Tatarenart, die Haare waren hingegen noch dunkel und so lang, daß er sie im Nakken mit einem Gummi zu einem Schwanz zusammengebunden hatte. Selbst bei genauerem Hinsehen fand ich es schwierig, sein Alter festzustellen (obwohl er sicher schon lange die Fünfzig hinter sich gelassen hatte). Sein Gesicht war maskenhaft: erregt, mit stechenden Augen und der Mimik eines Theaterschauspielers. Die Stimme war klang-, die Gestik ausdrucksvoll. Er machte den Eindruck eines von einem Zirkuswagen abgeladenen Schmierenkomödianten aus früheren Zeiten.

Er zog den Mantel aus, und in Hemdsärmeln – er hatte ein abgetragenes gestreiftes Hemd an, das von grellroten Hosenträgern entstellt wurde – nahm er einen abgewetzten Geigenkasten aus Pappe von der Schulter und holte eine Geige heraus, die er anlegte und stimmte. Aus dem Publikum erhob sich sogleich ein Chor von Wünschen, die der Mann nach einer guten Weile zu erfüllen begann: Strauß, Lehár und *Die Csárdásfürstin* und *An der schönen blauen Donau*. Er spielte alles meisterhaft und mit einer Flut von Variationen, die die Zuhörer in Entzücken versetzten. Nach kurzer Zeit stieg er vom Podium herab und begann, zwischen den Tischen hindurchzugehen, dabei spielte er aus dem Stegreif, je nachdem, wen er vor sich hatte, die Rolle des Cupido vor Verliebten oder des Verführers vor Frauen ohne Begleitung. Er sparte nicht mit Scherzen. Er näherte sich Paaren, mit Vorliebe jenen, die eine gewisse Atmosphäre der Geheimhaltung umgab, und ohne mit dem Spielen aufzuhören, stieß er dem Mann mit dem Ellbogen vor die Brust, der sich abgeneigt zeigte, ihm eine Münze zu geben, während das Ende des Bogens dem Dekolleté seiner jungen Begleiterin sehr nahe kam. Obwohl er ab und zu die Grenze überschritt, schien sich niemand belästigt zu fühlen. Er genoß dieselbe Straffreiheit wie der Schauspieler, der sich unter einer Maske verbirgt, auch wenn sie abstoßend ist. Sogar seine nur vom Regen gewaschenen Kleider erschienen wie ein Bühnenkostüm. Auf diese Weise war es ihm in kurzer Zeit gelungen, zum Publikum nicht nur ein Vertrauensverhältnis, sondern sogar eine Komplizenschaft herzustellen.

Der Tisch, an dem ich saß, war weit entfernt von seinem improvisierten Proszenium, doch er zwinkerte auch uns zu, als wollte er versichern, daß wir nicht von ihm vergessen waren und er bald auch zu uns kommen würde. Ich fragte mich, ob ich seine Scherze ertragen würde, wenn er sich mir näherte.

Inzwischen bot der Geigenspieler sein Schauspiel dar, und die Leute beantworteten es mit Beifallssalven, die ihm immer neue Kraft verliehen. Außer den Straußwal-

zern und den Operettenarien produzierte er sich mit virtuosen Zigeunerstücken, in denen er nicht nur mit großer Meisterschaft brillierte, sondern auch mit akrobatischer Geschicklichkeit, wobei er die Geige in allen nur erdenklichen Weisen hielt. Zwischen den Stücken hielt er inne, um Wein zu trinken, der ihm von begeisterten Zuschauern angeboten wurde. Hin und wieder lief er zwischen den Tischen hindurch, und seine Kopfbedeckung füllte sich mit Münzen und Geldscheinen. Er setzte sie, voll wie sie war, wieder auf den Kopf und fuhr mit neuem Eifer fort zu spielen. Aber wenn er sie kurze Zeit später wieder vom Kopf nahm, war sie ganz leer, und sein kleiner Trick versetzte alle in Entzücken und brachte ihm noch mehr Beifall und Geld ein, das er ebenfalls in seinem Zauberhut verschwinden ließ.
Während ich ihn beobachtete, war ich wieder zu meinen Überlegungen zurückgekehrt. Dies war ein glänzendes Beispiel eines Kämpfers für die Musik, oder besser gesagt, eines versprengten Soldaten, und ich versuchte, ihn mir als Kind vorzustellen, vor einem Notenpult, damit beschäftigt, seinem widerspenstigen Instrument Töne zu entlocken. Ich stellte mir seine Studienjahre, seine Hoffnungen, die ersten Schritte in die Musikwelt und schließlich eine Karriere vor, die, wer weiß warum, unterbrochen worden war. Aber war er denn überhaupt ein Berufsmusiker gewesen? Ich war keineswegs davon überzeugt. Wenn ich bei Konzerten das Amphitheater des Orchesters, besonders die Gruppe der Streicher, betrachtete, sah ich stets viele ordent-

liche, disziplinierte Leute: wie Protokollanten, Schreiber, wahrhaftige und echte Kalligraphen der Musik, die sich in einer ausdauernden, pedantischen Präzisionsarbeit opferten. Wie viele andere Berufe bringt auch der des Violinisten eine physische Belastung, die im Laufe der Zeit den Menschen unverkennbare Merkmale, eine bestimmte Physiognomie aufprägt. Der Geiger im Orchester wird von dem Instrument gezeichnet, das ein Leben lang sein Herr gewesen ist. Und mit dem Alter werden die Spuren dieser Vasallenschaft immer deutlicher: in seinen Augen liegt eine Art Melancholie, in seinen Gesten eine Haltung bedingungsloser Ergebenheit. Beim Orchesterviolinisten findet man nicht die Beharrlichkeit des Solisten, der die Noten seinem eigenen Willen unterwerfen will; die Musik ist für ihn nur Materie: Töne verschiedener Höhe und Dauer, die genau wiedergegeben werden müssen. In ihm brennt nicht mehr das heilige Feuer, sondern bleibt eine ruhige Ergebenheit übrig. Nur die Jüngsten schaffen es, am Anfang ihrer Karriere, wenn sie noch keine sichtbaren Deformationen erlitten haben, noch eine Zeitlang *Musik zu machen,* und legen sich auf die Geige wie auf ein Kopfkissen, und wenn die Anstrengung manchmal bescheiden ist und die Partitur nichts Großartiges in sich birgt, spielen sie, als ob der Ausgang des Konzertes nur von den Klängen ihres Instruments abhinge.

Der Geiger, den ich vor mir hatte, war trotz seines Alters frei von bestimmten charakteristischen Zeichen, er verhielt sich so, als sei seine Rolle immer die eines Solisten gewesen. Gleichzeitig behandelte er jedoch die Geige und selbst die Musik mit Anmaßung, spielte mit einer fast geringschätzigen Art. Ich fragte mich, was ihm in seinem Leben widerfahren sein mochte, daß er sein Instrument und seine Kunst für ein paar Schillinge einem Kneipenpublikum darbot.

Irgendwann stieg er mit der Geige unter dem Arm auf das Podium, trank in aller Ruhe noch ein Glas Wein und benutzte dann sein Instrument, indem er mit den Fingern auf den Resonanzboden klopfte, als Trommel. Und erst als der Saal verstummt war, verkündete er uns mit der Miene und dem Ernst eines Zirkusansagers, der eine nie dagewesene Vorführung ankündigt, daß er seine Geige dem zur Verfügung stellte, der am meisten bot. Wer eine angemessene Summe bezahlte, eine Summe jedoch, die noch auszuhandeln sei, sollte ein von ihm gewünschtes Stück hören, gleichgültig welches, auch das schwierigste. Aus dem Saal wurden sofort einige Wünsche laut, die er mit einer Handbewegung ausschlug, als wollte er sagen: »Zu einfach, es muß schon etwas anderes sein!« Er ging zwischen den Tischen hindurch und schien mir hin und wieder zuzuzwinkern. Er sah mich an. Aber er kam nicht näher. Ich glaubte zu verstehen, daß er mich als Leckerbissen für den Schluß aufsparte. Und tatsächlich blieb er, nachdem er lange herumgegangen war, vor mir stehen. Er hatte erraten, ich weiß nicht wie, daß ich ein Fremder war (erst viel später fiel mir ein, daß das Programm der Bachkonzerte aus meiner Jackentasche herausragte),

und rief mit lauter Stimme: »Oh, siehe da, hier haben wir einen, der in Wien ist, um gute Musik zu hören.« Im Saal war es still geworden, und der Geigenspieler nutzte die Spannung meisterhaft aus, indem er mit einer vorzüglichen Wirkung die Schlußpointe hinauszögerte. »Was möchten der Herr gern hören?« sagte er schließlich.
Von dieser leichten Ironie verwirrt, versuchte ich eine entsprechende Antwort zu geben. »Und was möchten Sie gern spielen?«
»Was der Herr wünschen.«
»Alles, was ich wünsche?«
»Alles!«
In diesem Augenblick zögerte ich nicht mehr.
»Ich möchte gern die *Chaconne* von Bach hören.«
Und damit dachte ich, mich vor jeder weiteren Provokation in Schutz gebracht zu haben. Aber ich irrte mich. Der Mann blieb mit einer anmaßenden Gebärde vor mir stehen. Er hob die Hand, um das Publikum zum Schweigen zu bringen, das die Szene amüsiert verfolgt hatte.
»Hört, hört«, sagte er, »hier ist endlich ein Kenner. Einer, der die gute Musik wirklich schätzt.« Er gab der Kellnerin ein Zeichen, die ihm eilig ein Glas brachte und es gerade noch schaffte, sich seinen Zudringlichkeiten zu entziehen. Ich nahm, wenn auch widerwillig, seine Einladung an, aufzustehen und mit ihm anzustoßen. Als er seinen Wein in einem Zug hinuntergestürzt hatte, wischte er sich die herablaufenden golde-

nen Tropfen aus seinem Schnurrbart, fuhr sich mit dem Handrücken über die Nase, als witterte er ein gutes Geschäft, dann rülpste er feierlich und fragte mich:
»Und wieviel sind Sie bereit zu zahlen, um die *Chaconne* zu hören?«
Nun ist, wie Sie wissen, die *Chaconne* ein zugleich sehr schönes und sehr schwieriges Stück. Sein Spiel begriff ich sofort: Welchen Preis ich auch vorgeschlagen haben würde, er hätte gesagt, er sei zu niedrig, und mit dieser oder einer anderen Entschuldigung wäre er weitergegangen. Ich bin kein Spieler, aber angesichts eines Bluffs konnte ich nicht widerstehen, hoch einzusteigen. So machte ich ein Angebot, das er nicht ausschlagen konnte.
»Tausend Schilling. Genügt Ihnen das?«
Im Vergleich zu dem Kleingeld, das er bis jetzt zusammenbekommen hatte, waren tausend Schilling ein schöner Batzen.
»Tausend Schilling«, wiederholte der Mann. »Tausend Schilling!« rief er in den Saal, und sein Gesicht mit der bis dahin heiteren und possenhaften Maske wurde plötzlich traurig, als träfe ihn eine schreckliche Beleidigung, der er nichts entgegenzusetzen hatte. Er drehte mir den Rücken zu und entfernte sich langsam in seinem schmutzigen Hemd, das sich zwischen den vorstehenden, spitzen Schulterblättern spannte. Ich hatte also richtig vermutet! Er lief weg. Ich hätte Genugtuung verspüren müssen. Aber dennoch war es eine Partie, die ich nicht hatte gewinnen wollen. Ich sah, wie er mit

kleinen Schritten fortging, gebeugt, immer gebeugter, wie er seine Wange auf die Geige legte, als wollte er ihr Herz schlagen hören und zugleich den schwachen Puls ertasten; in diesem Moment hätte ich ihn zurückrufen und mich für meine Unverschämtheit entschuldigen wollen.
Aber während er langsam zum Pult ging, ertönten im Saal bereits die ersten ergreifenden Akkorde der *Chaconne*.

Oft habe ich mich gefragt, wie lange es dauert, bis die letzte Note eines Musikstücks vollständig verklungen ist. Nicht nur physisch, als klingende Vibration, sondern als emotionale Vibration. Wer kann das sagen?
Mir schien, als wagte es keiner zu klatschen, als hätte diese Musik uns jeden Willens beraubt. Es war ein Moment, in dem die Erdrotation stillgestanden hatte, und es war nicht verwunderlich, daß sie sich jetzt nur unter Mühen wieder in Bewegung setzte. Gewiß ist, daß mir die Zeit zwischen dem letzten Ton seiner tadellosen Darbietung und dem ersten Klatschen (meinem), das sofort darauf zu einem begeisterten Applaus anwuchs, endlos erschien.
Doch jetzt mußte noch eine Rechnung beglichen werden. Die Gäste schauten verstohlen zu mir herüber, um mein Gesicht zu sehen. Aber dieses Individuum, für das ich, das leugne ich nicht, ein Gefühl der Bewunderung empfand, schien mit großer Ruhe den Augenblick der Revanche zu genießen. Er ließ sich noch einmal Wein

bringen (die Gläser, die er im Laufe des Abends getrunken hatte, konnte man nicht mehr zählen), wischte sich den Bart mit den Hemdsärmeln ab und kam schließlich, nachdem er die Geige auf den über einen Stuhl gebreiteten Mantel gelegt hatte, mit dem Hut in der Hand wie ein Bettelmönch zu mir. Jetzt wollten alle sehen, ob ich meiner Verpflichtung wirklich nachkommen würde. Aber der Tausendschillingschein, den ich in den Hut legte, war so gefaltet, daß nur er ihn sehen konnte.

»Vielen Dank, der Herr«, sagte er mit einem eindeutig herausfordernden Lächeln. »Stets zu Diensten, mein Herr«, stieß er zwischen den Zähnen hervor, und indem er den Hut auf der Handfläche hielt, streckte er den Mittelfinger in einer obszönen Geste empor, die nur ich sehen konnte.

Von einem beharrlichen Hämmern aufgeweckt, fand ich mich in meinem Hotelzimmer wieder. Ich öffnete die Augen, und bei dem Gedanken an die Vorfälle der vergangenen Nacht, bei der Erinnerung an das höhnische Gesicht dieses Mannes empfand ich ein schmerzliches Gefühl der Niederlage. Außerdem tat mir der Kopf weh. Und es gibt nichts Schlimmeres als die Nachwehen eines Rausches, die durch Frustration noch verstärkt werden.

Ich fragte mich, wie ich hierhergekommen war. Mir war nur noch die beleidigende Geste des Geigenspielers im Gedächtnis geblieben. Dann kehrte mühsam die Erinnerung zurück.

Nachdem der Mann meinen Geldschein in die Tasche gesteckt hatte, kehrte er mir den Rücken zu und wandte sich an das Publikum, das laut von ihm forderte: »Meister, spielen Sie uns noch etwas Lustiges!« Ich war reglos auf meinem Platz sitzengeblieben, mit einem eingefrorenen Lächeln, als hätte ich einen Knochen zwischen den Zähnen. Ich hoffte, daß niemand etwas bemerkt hatte. Ich war müde, ich wollte gehen, aber ich konnte mich nicht entschließen. Zu diesem Zeitpunkt zu gehen, bedeutete so etwas, wie das Feld zu räumen. Und ich fragte mich, ob er mich ohne irgendeine beißende abschließende Bemerkung hinausgelassen hätte. Ich mußte den richtigen Augenblick abwarten. Also bestellte ich noch etwas zu trinken. Doch ich übertrieb: Ich bin ein Mann, der Wein gut vertragen kann, aber nun spürte ich, wie meine Beine weich wurden, und war mir nicht so sicher, ob es mir noch gelingen würde, mich schnell davonzumachen. Die Rechnung hatte ich schon bezahlt und war bereit zu dem Manöver. Der Ausgang war zum Glück nicht weit, ich mußte nur den Augenblick erwischen, in dem »mein Freund« so beschäftigt war, daß er meine Flucht nicht bemerkte. Und als er sich ganz dem *Walzertraum* hingab, erhob ich mich und machte die ersten Schritte zum nahegelegenen Ausgang. Aber ich ging langsam, zu langsam, und kam nicht bis zur Tür. Genau in diesem Augenblick hörte ich, wie der Ton abbrach, drehte mich um und sah den Geigenspieler zwischen den Tischen unter einem großen Getöse umstürzender Stühle und splitternder Gläser zusammenbrechen. Im folgenden Durcheinander erreichte ich den Ausgang und verließ das Lokal, aber auf der Straße trugen mich die Beine immer weniger. Ich begann, im Zickzack durch das Viertel zu laufen. Obwohl die Lokale noch voll waren, hatten sie bereits geschlossen. Sie erschienen mir wie Schiffe, die bereits den Anker gelichtet und mich auf der Mole zurückgelassen hatten, weil ich zu spät gekommen war. An mehr kann ich mich nicht erinnern, außer an das Näherkommen der Scheinwerfer eines Autos, vielleicht eines Taxis, mit Leuten darin, die fröhlich sangen. Sie hatten die Freundlichkeit, mich in ihren Chor aufzunehmen und zum Hotel zu bringen.

Ich mußte ziemlich lange geschlafen haben. Es war nicht Morgen, wie ich beim ersten Erwachen geglaubt hatte. Es war bereits nach Mittag, und der Krach, dieses Hämmern in der Ferne, war nichts anderes als das Klopfen des Etagenzimmermädchens, das gekommen war, mein Zimmer aufzuräumen. Ein ungelegener Störenfried, den ich mit meiner rauhen Stimme und der Entschuldigung zum Gehen bewegen konnte, daß ich mich nicht gut fühlte.

Erst am späten Nachmittag stieg ich aus dem Bett. Ich bestellte starken Kaffee und überzeugte mich, nachdem ich mich lange in einem warmen Bad geaalt hatte, daß mein Aussehen wieder akzeptabel war. Dann verließ ich das Hotel. Die Luft und die Anziehungskraft der Menge stärkten mich wieder. Ich fühlte mich wieder ganz hergestellt. Auch der Appetit war zurückgekehrt, und so blieb ich an einem Kiosk stehen, um einen Happen zu essen.

An diesem Abend stand der zweite Teil der *Brandenburgischen Konzerte* im Brahmssaal auf dem Programm. Bis zum vorigen Tag hätte ich gesagt, daß mich nichts auf der Welt dazu hätte bringen können, auf diesen Abend zu verzichten. Schließlich befand ich mich aus diesem Grund in Wien.

So hielt ich denn ein Taxi an, obwohl es noch früh war, und machte es mir bequem – aber ich hörte mich Grinzing und nicht Brahmssaal sagen. Ich spürte, daß ich an diesem Ort noch eine offene Rechnung hatte, eine Sache, die notwendigerweise und dringend an diesem Abend abgeschlossen werden mußte. Letzten Endes war es nicht sehr spät, und es blieb noch Zeit für das Konzert. Aber vorher mußte ich diese sonderbare Person wiedersehen oder zumindest etwas über sie in Erfahrung bringen. Ein Mensch wie er konnte einfach nicht unbemerkt bleiben; sicher würde ich irgend jemanden finden, der mir sagen konnte, wer er war. Ich erreichte mein Ziel, bezahlte den Taxifahrer und schickte mich an, das Gasthaus zu suchen, wo ich den Geigenspieler getroffen hatte. Um sieben Uhr abends an diesem späten Augusttag war die Sonne noch nicht untergegangen, und bei Tageslicht erschien das Viertel noch ausgestorben und leer. Die Heurigen würden sich erst gegen zehn Uhr füllen.

Schon bald kam ich zu dem vertrauten Schild. Ich betrat das Lokal, das jedoch nicht mehr dasselbe zu sein schien, und suchte meinen Beobachtungsposten vom Vorabend, aber jetzt waren die Tische und Stühle ganz anders angeordnet. Auf dem Holzpodium, das jetzt in eine Ecke verschoben war, stellte ein einsamer Gitarrenspieler die Verstärker ein und übte vor einer einzigen Touristenfamilie auf der akustischen Gitarre einige Stücke aus seinem Repertoire.

Eine Kellnerin kam. Ich meinte, in ihr das Mädchen wiederzuerkennen, das mich am Abend zuvor bedient hatte, und bat sie um Auskunft über den Geigenspieler. Sie sah mich überrascht an: sie kenne keinen Geigenspieler. Umherziehende Musikanten kämen ständig, erklärte sie. Die Gasthäuser engagierten sie nicht, ihnen werde nur ein Platz zugebilligt, an dem sie spielen könnten, vorausgesetzt, sie belästigten die Gäste nicht. Und selten käme es vor, daß sie mehrere Abende hintereinander dasselbe Lokal besuchten. Hin und wieder tauchten sie nach Monaten wieder auf, andere Male verschwanden sie für immer. Wohin sie dann gingen, könne sie nicht sagen, und vielleicht wüßte das auch niemand.

Ich versuchte, hartnäckig zu bleiben. Es sei doch unmöglich, sagte ich, daß sie sich nicht an diesen Mann erinnerte, denn sie hatte ihm am Vorabend selbst mehrmals etwas zum Trinken gebracht.

Bei diesen Worten riß das Mädchen die Augen auf: »Gestern Abend? Ach so, gestern war aber mein Ruhetag«, sagte sie. »Sie haben meine Schwester gesehen. Sie kommt erst morgen wieder. Aber warten Sie, ich frage hinten mal.« Sie kehrte nach wenigen Minuten mit dem Besitzer zurück, dem ich alles noch einmal erklären mußte. Auch er sagte, daß er keinen wunderlichen oder sonderbaren Geigenspieler kenne, es seien am Abend so viele in den Lokalen unterwegs, daß man nicht alle behalten könne. Sie kämen und gingen, sagte er, als ob er von Zügen sprechen würde. Und wer vermochte sich an alle zu erinnern?

Ich machte ihn darauf aufmerksam, daß er sich doch zumindest an den Geigenspieler vom Vorabend erinnern müßte, an den Moment, an dem er zu Boden gestürzt war und ein Durcheinander verursacht hatte. Bei diesen Worten lächelte der Besitzer, und mit kaltem Humor bemerkte er, daß in Grinzing niemand groß darauf achte, wenn sich jemand zu fortgeschrittener Stunde nicht mehr auf den Beinen halten könne.

Keineswegs überzeugt verließ ich das Lokal. Ich schaute noch in einige andere hinein, stellte dieselben Fragen, bekam aber überall die gleichen ausweichenden Antworten. Ich begann zu glauben, daß sie mich mit einem Gewerbeaufseher verwechselten.

In leicht gereiztem Zustand verließ ich Grinzing im Taxi und fuhr zum Brahmssaal. Ich wußte, daß es jetzt zu spät war, aber ich wollte mir selbst beweisen, daß ich das Programm einhielt. Bei meiner Ankunft hatte das Konzert bereits begonnen. Ich ging in der Pause hinein und hörte – so schien es mir wenigstens – den zweiten Teil des Konzerts. Nachdem ich den Saal verlassen hatte, nahm ich ein anderes Taxi und ließ mich in die

Kärntner Straße bringen. Von dort ging ich zu Fuß zum Stephansdom.

Eine Weile ließ ich mich mit der Masse treiben. An jeder Straßenecke, auf jedem Platz traf ich Musikanten an, meistens junge, die mit ihrem Instrument auftraten und auf die Großzügigkeit der Passanten vertrauten. Aber als wären sie an einer Leine über dem Lärm der Stadt aufgehängt, hörte ich ständig die Töne einer Violine – jener Violine –, die sich manchmal entfernten, dann völlig verstummten, dann weiter weg wieder aufflackerten, als ob sie vor mir fliehen und mich zugleich führen wollten.

Diese Klänge, das wußte ich wohl, existierten nur in meiner erregten Phantasie, doch die Täuschung war perfekt. Sogar der Wind, der sich plötzlich erhoben hatte, brachte meine Sinne mit seinem Säuseln durcheinander, er ließ mich diese Töne, die ich einen Augenblick lang verschwunden geglaubt hatte, aus nächster Nähe hören, um sie dann in das Knarren eines Fensterladens oder in das Klingen eines Blechschilds zu verwandeln.

Von dieser imaginären Musik verhext, entzog ich mich irgendwann diesem Menschenstrom und ging Richtung Donaukanal. Nachdem ich durch dunkle Straßen gelaufen war, Plätze überquert und Parks durchschnitten hatte, setzte ich mich erschöpft an einen der Tische, die im Innenhof eines Restaurants aufgestellt waren. Die Gäste waren angesichts des bewölkten Himmels und des aufgekommenen Windes nach drinnen geflüchtet. Die Kellnerin ermunterte mich, auch hereinzukommen, aber ich zog es vor, im Freien zu bleiben. Ein paar Minuten später platschten einige Regentropfen in mein Bierglas und breiteten sich auf der rotkarierten Decke aus. Aber der befürchtete Regenguß kam nicht. Dennoch kehrte niemand ins Freie zurück. So blieb ich allein im verlassenen Innenhof. Jetzt war ich zu müde, um weiterzulaufen. Ich wollte ein bißchen die frischer gewordene Luft genießen.

Ich hatte mein Bier bereits ausgetrunken und überlegte, ob ich noch eins bestellen sollte, da hörte ich hinter mir Schritte. Schritte, die auf einmal innehielten. Ich erwartete, daß die Person in meinem Rücken an mir vorbei zum Eingang des Restaurants gehen würde. Aber niemand rührte sich. Ich drehte meinen Kopf ein wenig und sah aus dem Augenwinkel wenige Meter von mir entfernt eine bewegungslose Silhouette. Im gleichen Augenblick hörte ich eine Stimme, die ich sehr gut kannte:

»Heute abend haben wir also auf die gute Musik verzichtet zugunsten der ganz gewöhnlichen hiesigen Folklore?«

Ich drehte mich mit einem Ruck um und sah ihn mit seinem dunklen Mantel, der Melone auf dem Kopf und der Violine über der Schulter. Ich glaube, daß ich nicht einmal beim Auftauchen des Leibhaftigen eine solche Überraschung empfunden hätte.

Der Mann grinste. »Darf ich mich setzen?« Und ohne auch nur mein Nicken abzuwarten, legte er seinen Geigenkasten aus Pappe, der von zwei Schnüren zusammengehalten wurde, auf den Tisch, hängte sich den Wachsmantel über die Schulter und nahm mir gegenüber Platz, dann rief er die Kellnerin, die in diesem Augenblick in der Tür erschienen war. Er bestellte Schnaps und Bier. Auch mein leeres Glas wurde durch ein von frischem Schaum überquellendes ersetzt.

Meine Überraschung war groß. Dieses Zusammentreffen war ebenso beunruhigend wie außergewöhnlich. Wenn sich zwei Menschen in einer Stadt mit fast zwei Millionen Einwohnern an einem entlegenen Ort treffen, an dem sich normalerweise keiner von beiden aufhält, wird jedes übliche Zufallsprinzip über den Haufen geworfen. Wer weiß, auf welchen Sternenbahnen diese imaginäre Musik in meinen Kopf gelangt war.

Als er seinen Hut abnahm und ihn auf den Tisch legte, rutschte eine Münze aus der Krempe und rollte über die Tischdecke.

»Ich wollte hier einkehren«, sagte der Mann, »um mich vor dem Regen unterzustellen. Und um mir vielleicht ein bißchen Kleingeld zu verdienen. Aber heute will mein Freund nicht gehorchen.«

Während er dies sagte, schnürte er den Kasten auf und holte die Geige heraus. Nach der Art zu urteilen, wie er sie anschaute, mußte er sehr stolz auf sie sein. Ich hatte schon am Vorabend bemerkt, daß es sich um ein interessantes Instrument handelte. Ich hatte sofort an eine Stainer gedacht oder auf jeden Fall an eine Tiroler Geige. Mir war der kleine Kopf aufgefallen, der sich an der Stelle der traditionellen Schnecke befand. Jetzt konnte ich dieses grausame und bedrohliche Gesicht aus der Nähe betrachten. Ich stellte sofort eine gewisse Ähnlichkeit mit dem Mann fest, der mir gegenübersaß, als ob er mit der Zeit jene Züge hätte annehmen wollen. Auf welche Weise ein solches Instrument in die Hände eines Vagabunden hatte gelangen können, war ein Geheimnis, das ich gern aufgedeckt hätte.

Er betrachtete lange und mit einer gewissen Zärtlichkeit seine Geige, schließlich legte er sie wieder in den Kasten und band ihn sorgfältig zu.

»Im übrigen«, fuhr er fort, »kann ich mir heute einen freien Tag erlauben.« Mit der Geste eines Taschenspielers brachte er zwischen den Fingern den Tausendschillingschein zum Vorschein. »Und ich kann es mir auch erlauben, Ihnen etwas zu trinken zu spendieren«, fügte er hinzu, während er mit einem Wink noch eine Runde bestellte.

»Ein mehr als verdienter freier Tag«, bemerkte ich entgegenkommend. Ich verspürte keinen Groll mehr in mir. Das Gesicht des Geigenspielers war nicht mehr jenes, an das ich mich erinnerte. Weit entfernt von der Bühne und ohne die närrische Maske, blieb ein einsamer, verwundbarer Mann zurück, auf dem die Jahre lasteten.

»Um dieses Stück zu spielen, braucht man großes Talent«, fügte ich hinzu. Der Mann saß schweigend da, als dächte er über meine letzten Worte nach. Dann verbesserte er mich:

»Um dieses Stück zu spielen, braucht man eine gute Technik. Und die Technik ist manchmal die Nachahmung des Talents. Ach, der Unterschied ist winzig, für den Zuhörer nicht wahrnehmbar. Anders ist es für den, der spielt. Damit will ich nicht sagen, daß das Talent ohne Anstrengung auskommt. Das wäre unmöglich. Um die Perfektion zu erlangen, sind Technik, Übung und Hingabe nötig.«

Nach kurzem Schweigen fuhr er fort, als hätte er meine Gedanken erraten: »Sie werden sich gefragt haben, wie es kommt, daß ein Mann, der mit solcher Meisterschaft die Geige beherrscht, zu einem in Kneipen und Wirtshäusern umherziehenden Musikanten heruntergekommen konnte. Die Antwort lautet einfach: aus Ehrgeiz. Aus dem unwiderstehlichen, zerstörerischen Wunsch, Perfektion zu erlangen. Aber was ist Perfektion? Es ist der Fluchtpunkt einer Straße ohne Ende, und die Fata Morgana, die sich vor uns auftut, ist die letzte Sprosse einer kreisförmigen Leiter.

»Perfektion, wissen Sie, hat mit dem Unendlichen zu tun, aber das Unendliche ist nicht nur das unendlich Große. Es ist auch das unendlich Kleine. Perfektion kann die Idee der Bewegung erfordern, aber auch die Idee der Verlangsamung. Die Suche nach Perfektion schreitet mit einem Rhythmus voran, der sich im Unendlichen verlangsamt. Sie ist ein ständiges Fortschreiten, das allerdings nach und nach langsamer wird, je näher es dem Ziel kommt.

Ich erinnere mich, daß ich mir als Kind bei einem Tröd-

ler eine Glasmurmel für fünf Groschen gekauft habe, aber kurz darauf erfuhr ich, daß andere dieselbe Murmel für nur vier Groschen verkauften. Ich lief zu dem Trödler zurück, der sie mir verkauft hatte, und verlangte von ihm, mir den Groschen zurückzugeben, den ich zuviel bezahlt hatte, er weigerte sich jedoch: es wäre sein Recht, den Preis für seine Waren festzusetzen. Ich ging, ziemlich erbost über ihn und auch über mich selbst, hatte ich mich doch prellen lassen. Als ich nach Hause zurückkehrte, dachte ich darüber nach, wie ich den Schaden aus meiner überstürzten Wahl wiedergutmachen könnte. Und mir fiel ein, daß sich, wenn ich eine gleiche Murmel zum Preis von vier Groschen kaufen würde, mein Verlust halbieren würde, wenn ich noch eine kaufte, er sich um ein Drittel, bei noch einer um ein Viertel und so weiter verringern würde. Aber auch wenn ich bis in alle Ewigkeit weitergemacht und eine unendliche Anzahl von Murmeln gekauft hätte, wäre mein Verlust zwar prozentual geschrumpft, allerdings ohne irgendwann ganz zu verschwinden. Dennoch war in diesem Fall das Ziel offensichtlich erreichbar, der Weg dorthin trügerisch kurz.«
»Meinen Sie nicht«, sagte ich, »daß Sie ein wenig übertreiben. Im Grunde handelt es sich doch nur darum, ein Instrument gut zu spielen.«
An der Weise, wie der Mann mich anstarrte, erkannte ich, daß er ungern Widerspruch ertrug. »Sind Sie vielleicht Musiker, um dies mit so großer Gewißheit behaupten zu können? Spielen Sie ein Instrument?«

»Nur aus reinem Privatvergnügen. In Wirklichkeit bin ich Schriftsteller.«

»Ach«, sagte der Mann, und einen Augenblick lang schien es so, als würde er seine ganze Aufmerksamkeit auf mich konzentrieren. »Ein Schriftsteller? Und was schreiben Sie?«

»Geschichten, ganz einfach.«

»Und ich wette, daß Sie wer weiß wie viele Geschichten über Musik geschrieben haben.«

Diese Frage war schon oft an mich gerichtet worden.

»Das hätte ich gern«, antwortete ich mit einem Beben in der Stimme, als verspürte ich das Bedürfnis, mich wegen einer unverzeihlichen Unterlassung zu entschuldigen. »Leider scheint es, als ob ausgerechnet die Musik mich zu keiner Geschichte inspirieren kann. Ich vermag nicht, sie in die Lebensumstände der Menschen eindringen zu lassen, was mir mit der Liebe, dem Geld, der Macht gelingt, das ist alles.« Schließlich, um mich aus der unangenehmen Situation zu retten, sagte ich laut: »Aber ist die Musik nicht vielleicht eine Überwindung all dessen?«

»Eine Überwindung?« Der Mann sah mich erstaunt an.

»Ja«, sagte ich und versuchte, meine ganze Überzeugung hineinzulegen, »eine Überwindung.«

»Eine Überwindung ...« Nach dem bitteren Ton zu urteilen, in dem er das Wort wiederholt hatte, weckte es in ihm etwas Unangenehmes. »Sie sprechen als Hörer, nicht als Spieler. Sicher ist das Instrument, das Sie zu Ihrem Vergnügen spielen, ein ...«

»Ein Violoncello«, beeilte ich mich zu präzisieren.
»Sicher ist Ihnen das Violoncello, das Sie zu Ihrem reinen Vergnügen spielen, von einem ehrgeizigen Vater oder einer ehrgeizigen Mutter – vielleicht waren auch sie Musikliebhaber – aufgezwungen worden. Ihrem Alter nach zu urteilen, können sie es ertragen, wenn man Ihnen sagt, daß in Ihrer Kindheit noch die verachtenswerte Gewohnheit, Hausmusik zu machen, verbreitet war.«
»Das stimmt.«
»Und selbstverständlich sind die Stunden, die Sie damit zugebracht haben, Ihrem Violoncello Töne zu entlocken, eine Qual gewesen. Sie waren als Kind gezwungen, Musik zu machen. Und konnten sich nicht dagegen wehren. Aber wenn Sie heute daran denken, empfinden Sie, daß Sie Ihrem Vater und Ihrer Mutter zu Dank verpflichtet sind, weil sie Sie, auch gegen Ihren Willen, gezwungen haben zu üben. Die Musik gehört jetzt zu Ihrer Bildung. Sie können sie würdigen, mit Sachverstand über sie sprechen und sie spielen, wenn Sie wollen. Ist es nicht so?«
Ich mußte es bejahen.
»Aber hier irren Sie sich.«
»Das verstehe ich nicht.«
»Musik ist nicht das!« protestierte der Geigenspieler. »Denn die Musiker sind vom Stamme Kains.« Dann, als wollte er sich für die brüske Art, in der er mich angefahren hatte, bestrafen, schwieg er lange, schüttelte den Kopf ob meiner Verständnislosigkeit und versank in

sich selbst, als ob er Gedanken und Worte sammeln wollte.

Im Bemühen, sich an irgend etwas zu erinnern, hatte er die Augen halb geschlossen, wobei sein Gesicht, da er die Selbstbeherrschung außer acht gelassen hatte, die ganze Zerstörung offenbarte.

Schließlich warf er mir diesen glühenden Blick eines Trunkenen oder Irren zu.

»Sie sind Schriftsteller und kennen vielleicht das ungarische Volksmärchen, in dem von einem Geiger erzählt wird, der mit so großer Leidenschaft spielt, daß ihn eines Tages seine Seele verläßt und in seine Geige strömt. Von diesem Tag an kann er sich nicht mehr von seinem Instrument trennen, er ist gezwungen, es bis an das Ende seiner Kräfte zu spielen, denn nur wenn er spielt, spürt er, daß er lebt...« Der Mann unterbrach sich, als hätten ihn Zweifel gepackt, ob er die passende Metapher für den Gedanken, den er ausdrücken wollte, gewählt hatte. Dann versuchte er es mit einer anderen Vorgehensweise: »Sie haben sich niemals um bestimmte Körperfunktionen wie die Atmung, die Verdauung und den Herzschlag Gedanken gemacht. Lunge, Herz, Därme arbeiten für Sie, unabhängig von Ihrem Willen oder Bewußtsein, und Sie nehmen sie nur wahr, wenn irgend etwas mit diesen Organen nicht in Ordnung ist.

Aber nehmen wir den Fall an, daß Sie unversehens, um sich am Leben zu erhalten, gezwungen sind, sie bewußt, mit Ihrem Willen, zu steuern. Stellen Sie sich vor,

auf Kommando Herz und Lunge zum Arbeiten zwingen, den Blutdruck, die Zellerneuerung, die Ausscheidung tausender Gifte, die man jeden Tag zu sich nimmt, regulieren zu müssen. Und dies immer mit dem Bewußtsein tun zu müssen, daß ein Fehler oder schlichtes Vergessen fatal sein kann. Können Sie sich das alles vorstellen?«
Sicher konnte ich mir das vorstellen. Aber es gelang mir nicht zu verstehen, worauf er hinauswollte.
»Versuchen Sie sich vorzustellen, gezwungen zu sein, mit einer gleichbleibenden Kraft in jedem Moment den Tod zu besiegen, mit einer Aufmerksamkeit, die Sie Tag und Nacht wachhält. Mit einer Kraft, die alles andere, das tägliche Leben mit seinen Gefühlen, seinen Pflichten, die üblichen Riten des gemeinschaftlichen Lebens nicht berühren darf. So, daß für die anderen nicht einmal der Schatten einer Besorgnis zu entdecken ist. Alles muß sich mit der größtmöglichen Leichtigkeit und Natürlichkeit abspielen, ohne daß auch nur irgend jemand diese äußerste Konzentration wahrnimmt.
So, und nun versuchen Sie, der konventionellen Vorstellung, die Sie von Musik haben, Leben einzuflößen, ihr Knochen und Nerven, Blut und Spermien zu geben, sie in einen Körper, in ein Gehirn einzusperren. Stellen Sie sich die Musik zum Menschen geworden vor, der sich, um nicht zu sterben, ununterbrochen auf den Klang der eigenen Geige konzentrieren muß, auf die Bewegung eines Bogens, der von den Saiten springt, über sie streicht und ihr Akkorde, Melodien

und Rhythmen entlockt. Stellen Sie sich vor, daß dies die einzige Möglichkeit zum Überleben ist, weil in der Stille jedes Leben entschwinden würde.«

»Dann lieber sterben«, rief ich entsetzt. »Was könnte uns noch an eine derartige Existenz fesseln?«

Der Mann grinste zufrieden, als hätte er diese Reaktion von mir erhofft. »Aber das liegt doch auf der Hand«, sagte er. »Die Musik! Unsere Qual selbst wäre der einzige Grund zu leben.«

Ich wußte nicht, was ich antworten sollte. Mir wurde klar, daß mich dieser Mann mit dem Feuer seiner Rede begeisterte, mich mitriß, ich wußte nicht wohin.

»Um Ihnen verstehen zu helfen, was Musik ist und wohin diese enorme Leidenschaft führen kann, müßte ich Ihnen die Geschichte des Geigers erzählen, dessen Seele in dieser Geige eingesperrt ist. Aber da gibt es auch noch eine andere Geschichte, die ich noch nie jemanden erzählt habe. Mir bleibt nicht mehr viel Zeit, glaube ich, aber ich möchte sie Ihnen erzählen, bevor ich wieder dahin zurückgehe, woher ich gekommen bin. Und wer weiß, vielleicht können Sie sie eines Tages für mich schreiben.«

Der Geigenspieler bestellte bei der Kellnerin, die in diesem Augenblick in der Tür erschienen war, noch eine Runde. Wir waren noch immer allein, saßen im Freien an einem Tisch unter einer Glyzinie. Von drinnen drangen Stimmen und Lachen zu uns herüber. In der Luft roch man ab und zu die stechende Feuchtigkeit des Flusses, die einen schwachen süßlichen Geruch von fauligem Gras mit sich brachte. Auf der Straße pfiff ein einzelner Passant vergeblich nach seinem Hund, der in den Rabatten eines kleinen Parks verschwunden war. Die Silhouetten der Häuser, nur von wenigen noch erleuchteten Fenstern durchbrochen, wurden eins mit einem Himmel, an dem die letzten Wolken sich zurückzogen wie die Nachhut eines geschlagenen Heeres. Und ich war ein Schriftsteller auf der Suche nach einer Geschichte.

Der Mann begann auf ungewöhnliche Weise:
Das, was ich Ihnen hier in Wien, heute, am 28. August 1985, erzählen werde, entspricht der hochheiligen Wahrheit.

Ich heiße Jenö Varga und stamme aus Nagyret, einem Dorf in Ungarn an der Grenze zu Slowenien und Österreich. Ich bin ein uneheliches Kind, so viel zum besseren Verständnis. Ich habe den Namen meines Vaters nie gekannt, auch wenn ich schließlich eine Vermutung hatte. Als ich anfing, die ersten peinlichen Fragen zu stellen, sagte mir meine Mutter, daß mein Vater seit dem Krieg vermißt werde. Aber sie behielt immer die Hoffnung, daß er eines Tages zurückkehren würde. Sie erzählte oft von ihm. Sie versuchte nicht, dem Thema aus dem Weg zu gehen, sie wollte vielmehr, daß ich meine Herkunft erfuhr, sie beschrieb meinen Vater – ich war damals etwa vier Jahre alt – als einen wahren Helden, mit einer schönen Uniform, auf dem Rücken eines Pferdes. So saß ich als Kind stundenlang auf den Stufen vor dem Haus und sah auf die Straße, ich stellte mir vor, wie er ankam, den Kolbak tief in die Stirn gezogen, den kurzen Mantel über der Schulter, im Sattel eines nervösen Fuchses, der mit den Hufen Funken auf den Pflastersteinen sprühen ließ. Ich habe so viel daran gedacht, daß in manchen Nächten ein entferntes Hufeklappern auf der Straße genügte und ich, sobald ich es hörte, aufwachte und zum Fenster lief. So kam es, daß ich, wenn jemand mich fragte, wo mein Vater sei, nicht wie viele meiner Altersgenossen antwortete, daß er im Krieg gestorben sei (in Wirklichkeit hatte ich zu dieser Zeit noch keine klare Vorstellung vom Tod), sondern daß er zurückkehren werde und alle ihn im Galopp und mit gezücktem Säbel ankommen sehen würden. Ich sagte es so überzeugt, daß meine Spielkameraden es mir schließlich glaubten.

Meine Mutter bewahrte nur zwei Gegenstände auf, die meinem Vater gehört hatten: eine Goldmünze, die sie immer um den Hals trug, und *diese* Geige, mit der mein Schicksal verbunden ist. Damals lag sie verschlossen in einem Holzkasten. Ich erinnere mich daran, daß ich sie nicht einmal zu berühren wagte, als meine Mutter sie mir zum ersten Mal zeigte. Schon damals übten nämlich Musikinstrumente eine unwiderstehliche Anziehungskraft auf mich aus, vor allem die Geige, für die ich immer ein merkwürdiges Gefühl von Liebe und Angst empfand. Natürlich war ich sehr von dem in den Wirbelhalter geschnitzten Gesicht beeindruckt, das mir lebendig und fast im Begriffe zu sprechen schien, und ich fühlte mich erst beruhigt, wenn meine Mutter das Instrument wieder in den Kasten legte, ihn abschloß und auf den Schrank im Schlafzimmer legte. Eine Zeitlang beunruhigte sein Vorhandensein meine Träume, vor allem, wenn meine Mutter mich allein ins Bett schickte. Aber später, nachdem ich entdeckt hatte, wo der Schlüssel für diesen Kasten versteckt war, trieb mich die Neugierde mehrmals dazu, meine Angst zu überwinden und den Deckel zu öffnen. Ein merkwürdiges Schaudern durchlief mich von Kopf bis Fuß, wenn ich mit der gleichen Vorsicht, die ich auch beim Streicheln eines schlafenden Tigers hätte walten lassen, die Hand über diese gespannten Saiten gleiten ließ. Im übrigen hatte ich mir eingebildet, daß die Geigen Lebewesen seien, die bei der Berührung mit einer Holzstange aufwachen und zu singen anfangen.

In meinem Dorf gab es nicht viele Gelegenheiten, einen Geiger zu treffen. Das geschah nur auf Hochzeiten und Dorffesten. Und immer war ich bei diesem Klang wie verzaubert. Ich erinnere mich, daß bei dem jährlichen Dorffest einmal eine Karawane mit Zigeunern, Pferde- und Kesselhändlern, haltgemacht hatte. Eines Morgens, als ich mit meiner Mutter an den Verkaufsständen vorbeiging, hörte ich aus der Nähe die Musik der Zigeuner und entfernte mich. Fast unabsichtlich ging ich auf ihr Lager zu. Ich weiß nicht, wie lange ich mich dort versteckt hielt und ihnen zuhörte, bis einer der Geigenspieler durch das Bellen eines Hundes auf mich aufmerksam wurde und sich mir näherte, ohne sein Spiel zu unterbrechen, dabei sah er mich fest an, als wollte er mich verhexen. Ich wußte wohl, was man über die Zigeuner erzählte, daß sie Kinder raubten, um sie als Sklaven zu verkaufen, oder sie verstümmelten und dann zum Betteln schickten. Obwohl beim Herannahen des Mannes meine Beine fliehen wollten, gelang es mir nicht, mich zu bewegen, die Faszination seiner Musik war stärker als meine Angst. Ich weiß nicht, was passiert wäre, wenn nicht im letzten Augenblick meine Mutter dazugekommen wäre.

Meine Großeltern waren an der Spanischen Grippe gestorben, als ich erst wenige Monate alt war, und meine Mutter, allein und ohne jede Unterstützung zurückgeblieben, hatte sich daran gewöhnen müssen, die niedrigsten Arbeiten zu verrichten. Zum Schluß hatte sie auf einem Schlachthof gearbeitet, wo sie mit anderen Frauen das Fleisch durch den Fleischwolf drehte und Wurst und Salami herstellte. Sie war noch jung und schön. Und bald verliebte sich der Besitzer der Fabrik, ein kräftiger und sehr viel älterer Mann, in sie. Er holte sie von dieser undankbaren Arbeit weg und beförderte sie zur Etikettiererin und Packerin, und als sie anfing, auch die Buchhaltung zu führen, die Korrespondenz zu erledigen und sich um die Kunden zu kümmern, wurde sie zu einer zuverlässigen und unersetzlichen Mitarbeiterin. Sehr bald begann er, mit ihr auszugehen und in unser Haus zu kommen. Er brachte Blumen und andere Geschenke, und schließlich fragte er sie, ob sie seine Frau werden wolle.

Meine Mutter sagte ja, vielleicht weil sie an meine Zukunft dachte. So verließen wir unser Haus, um in der Fabrik meines Stiefvaters zu leben. Wir waren von einer Schweineaufzucht inmitten einer schlammigen Ebene umgeben, aus der an bestimmten Tagen ein unerträglicher Gestank aufstieg, der bis in das Haus drang und alles durchtränkte. Mein Stiefvater zog überdies niemals seine mit Schmutz und Blut befleckte Schürze aus. Und ich hatte anstatt eines tapferen Kavalleristen einen reich gewordenen Schweineschlächter zum Vater, einen Mann, den ich trotzdem respektierte, auch wenn es mir nie gelungen ist, ihm Zuneigung entgegenzubringen, obwohl er ein gutmütiges und heiteres Wesen hatte und es uns niemals an etwas fehlen ließ.

Nach dem Krieg florierte die Fabrik immer mehr, und mein Stiefvater, der die Schürze ausgezogen und gegen einen dunklen Anzug mit reichlich Uhrenketten eingetauscht hatte, befand sich in der Situation, lange Reisen machen zu müssen und wochenlang von zu Hause weg zu sein.

Bei der Rückkehr von einer dieser Geschäftsreisen brachte er mir als Geschenk eine Geige mit. Tatsächlich war es meine Mutter, die sie bestellt hatte, ich war ihm aber dennoch dankbar. Es war eine winzige Violine, eine Viertelgeige, denn ich war erst sieben Jahre alt. Und als ich sie zum ersten Mal in den Arm nahm und mit dem Bogen über die Saiten strich, hatte ich das

Gefühl, als ob sich eine Hand auf meine legte, um sie zu führen. Fast ohne mir dessen bewußt zu sein, stimmte ich ein Lied an, das meine Mutter zu singen pflegte. Nur ein paar Töne, die mich jedoch mit einem nie gekannten Glück erfüllten. Meine Mutter war gerührt, vielleicht weil sie in diesem Augenblick an die Vergangenheit dachte. Und mein Stiefvater, stolz auf sich und sein Geschenk, sagte mir scherzhaft eine große Zukunft voraus.

Wenn mein leiblicher Vater dagewesen wäre, hätte ich in ihm, dessen bin ich mir sicher, den besten Lehrer gehabt. Mein Stiefvater beschäftigte sich jedoch mit Würsten und gewiß nicht mit Musik. So spielte ich einige Jahre lang zum Spaß die Geige. Ohne daß es mir jemand gezeigt hatte, lernte ich, sie zu stimmen. Und schon bald gelang es mir, alle Lieder, die ich kannte, mit vielen Variationen und Diminutionen zu spielen. Wenn jemand singend ein neues Motiv anstimmte, war ich in der Lage, es sofort nachzuspielen. Und ich war auch in der Lage, selbsterfundene Melodien aus dem Stegreif zu spielen. Ich konnte jedoch keine Noten lesen und wußte überhaupt nichts über Musiktheorie, wenn ich von dem wenigen absehe, das ich in der Schule während der Singstunde gelernt habe.
Eines Tages kam mein Volksschullehrer, der mich bei einer Gelegenheit hatte spielen hören, um mit meiner Mutter zu sprechen, und sagte ihr, es wäre schade, mein Talent nicht zu fördern. Sicher, im Dorf gebe es keine

Musikschule, aber er kenne jemanden, der mir, wenigstens für die erste Zeit, Stunden geben könne, ein Violinist, der viele Jahre lang im Staatsorchester Budapest gespielt habe. Wenn meine Mutter damit einverstanden sei, würde er selbst mit ihm sprechen. Meine Mutter sagte ja, unter der einzigen Bedingung, daß ich die Schule nicht vernachlässige. Ich versprach es feierlich. Ich war aufgeregt und ungeduldig, mich begeisterte der Gedanke, daß ich etwas Neues über das Instrument lernen konnte, das ich anbetete. Und die Tatsache, daß mein Lehrer ziemlich weit entfernt von unserem Dorf wohnte, etwa zwanzig Kilometer, die ich einmal in der Woche zu Fuß zurücklegen mußte, schreckte mich nicht ab. Ich sah, daß auf dieser Straße viele Bauern mit ihren Wagen fuhren, irgendeiner würde mich schon mitnehmen.

Der Mann, der mich die Geigenkunst lehren sollte, war ziemlich alt und von mürrischem Charakter. Er wohnte in einem heruntergekommenen Haus. Die einzige Geige, die zu sehen war, war mit einem Eisendraht an der Wand befestigt. Nach dem Staub auf ihrem Hals zu urteilen, konnte man annehmen, daß sie lange Zeit niemand angerührt hatte.

Mein erstes Vorspielen war das demütigendste Ereignis meines Lebens. Ich war überzeugt, den Lehrer mit meinem Können in Erstaunen zu versetzen, doch im Gegenteil, nach wenigen Noten unterbrach er mich. Er kam empört auf mich zu, riß mir die Geige aus der Hand und fing an, meinen Kopf hinunterzudrücken, meinen Rücken aufzurichten und den Ellbogen hochzureißen, daß es mir weh tat. Es war, als wollte er mich mit aller Gewalt in einen zu engen Anzug stecken. Und erst nachdem er mich in einer Stellung »ausgerichtet« hatte, die mir grotesk erschien, gab er mir die Geige wieder und befahl mir mit drohendem Gebaren, mich nicht aus dieser Lage zu bewegen. Ich konnte auch nicht spielen, so schwierig fand ich es, aber wehe ich hätte es gewagt, mich auch nur einen Millimeter zu rühren. An diesem und an allen folgenden Tagen tat er im Laufe der Unterrichtsstunde alles, außer meine Musik zu hören. Meistens bemühte er sich nicht einmal, mich zu überwachen; er kehrte mir den Rücken zu, beschäftigte sich mit Schreiben und Lesen oder sah völlig in Gedanken versunken aus dem Fenster. Manchmal hatte ich den Eindruck, ich hätte zu spielen aufhören und auf Zehenspitzen hinausgehen können, ohne daß er es gemerkt hätte. Aber in Wirklichkeit folgte er mir, als seien seine Augen auf meinen Nacken gerichtet, und hin und wieder ermahnte er mich, den Ellbogen höher oder den Rücken gerade zu halten, ertappte mich sozusagen regelmäßig auf frischer Tat. Ihm schien einzig daran zu liegen, mich in Abhängigkeit vom Instrument wachsen zu lassen. Er behandelte mich wie jene Gartenpflanzen, die sich, ausreichend gedüngt und an einen Pfahl gebunden, mit der Zeit anmutig aber unnatürlich entwickeln. Die Geige war ein Steckling, der in mir Wurzeln schlagen sollte, und ich mußte mit ihm verschmelzen, spüren, wie meine Adern und meine

Nerven sich in seinem harten Holz verzweigten. Ein Jahr lang ging ich einmal in der Woche zum Unterricht, und niemals wurde über Musik gesprochen, sondern nur über die Weise, in der sich der Körper an die Musik anpaßt.

Haben Sie jemals über die unnatürliche Haltung eines Geigers nachgedacht? Stellen Sie sich vor, sie nehmen ihm das Instrument aus den Händen, während er spielt, und sehen ihn sich an: erinnern Sie diese steifen Gliedmaßen, diese halb geschlossenen Augen, diese Pronation des linken Unterarms und dieser zur Seite gedrehte Kopf nicht an die Kreuzabnahme?

Aber kehren wir zu meiner Familie zurück. Die Geschäfte meines Stiefvaters liefen immer besser, und nach einigen Jahren zogen wir nach Budapest um, wo ich reguläre Kurse besuchte. Ich wechselte häufig die Lehrer, ging von einer ungarischen Schule auf eine deutsche, dann auf eine französisch-belgische, studierte die hunderttausend Bogenstriche von Ševčik und verstand sehr rasch, daß die Technik im Grunde eine Meinung ist, daß jeder Lehrer die Bemühungen seines Vorgängers zu schmälern sucht und daß im Falle eines wirklichen Talents, wie ich es war, die Auseinandersetzung zwischen der Mittelmäßigkeit und dem Genie noch erbitterter ist.

Den Ablauf der Jahre konnte man an der Größe meiner Geige zählen, die zeitgleich mit meiner Hand wuchs. Mit zwölf Jahren (als ich auf der Dreiviertelgeige spielte) besuchte ich das fünfte Jahr des Konservatoriums, aber in Wirklichkeit gab es reichlich wenig, was die Lehrer mir noch über Musik beibringen konnten, und so versteiften sie sich auf die Technik, denn über die Technik kann man ganze Bände schreiben, während man über den Ausdruck wenig oder gar nichts sagen kann. Was kann man auch über diesen überirdischen Zustand sagen, der aus der Vereinigung von physischer Kraft und ekstatischem Schmerz hervorgeht? Wenn sich durch den Menschen die Musik selbst ausdrückt, die vom Kopf wie Flammenzungen hinabsteigt und den Körper durchdringt, ihn ergreift, ihn zum reinen Mittel macht, als sei er tot, als sei er ein Stück Geschmeide auf den kreisenden Gewändern der Gottheit? Wer kann jemals dieses Geheimnis lüften? Wer kann jemals, unter den vielen, die ich kenne, auch nur dessen Existenz erahnen? Und deshalb flüchteten sich die Professoren in die Technik, weil die Technik erkennbar und berührbar ist, sie besteht aus Nerven und Muskeln, sie kann eingehend behandelt werden, und über sie kann man endlos diskutieren. Aber erst als ich das Collegium Musicum besuchte, das damals als die wichtigste Schule Europas galt, sollte ich entdecken, daß man mit der Technik auch demütigen und quälen kann.

Die Musik war zu jener Zeit mein Glaube. Aber auch der unerschütterlichste Glaube wird manchmal von Zweifeln gepackt. Es war eine meiner regelmäßig wie-

derkehrenden Ängste – außer der Angst, meine Geige könnte zerbrechen –, daß ich selber so schwer verunglücken könnte, daß meine Hände nicht mehr zu gebrauchen sein würden. Deshalb wagte ich es nicht, an meinem Alter entsprechenden Spielen teilzunehmen, und wurde von meinen Schulkameraden als Snob angesehen. Aber so sehr ich die Hände pflegte und schützte, jedes riskante Vergnügen mied, nichts gab mir die Sicherheit, daß mein Gehirn nicht krank werden könnte. Im Gehirn war alles, was ich gelernt hatte. Und dann kam zu meinen »irdischen« Ängsten noch der metaphysische, theologische Zweifel. Würde ich nach meinem Tod, im Jenseits, noch spielen können? Und würde an einem Ort der Perfektion wie dem Paradies die perfekte Darbietung nicht die Regel sein? Wo könnte meine Musik denn noch geschätzt werden, vielleicht in der Hölle? Und mußte ich meine Seele ruinieren, damit ich meine Geige nicht aufgeben mußte?
Aber die absurdeste Unruhe, die mich in der Nacht packte und mir viele schlaflose Stunden verursachte, war die Erkenntnis, daß die Musik nur in dem Augenblick existierte, da ich sie hervorbrachte, und mich jedesmal verließ, wenn ich den Bogen absetzte, ohne mir die Gewißheit zu geben, daß sie wiederkam. Ich mußte aus dem Bett steigen und an den Geigensaiten zupfen, um mich zu vergewissern, daß sie noch vibrierten, daß die Musik noch da war, vorhanden, wenn auch schlafend, und ich sie wecken konnte, wann ich es wollte. Aber dann fragte ich mich: Wenn die Musik zurück-

kehrte, wäre sie dann immer noch dieselbe? Wie oft entstellten mein Geisteszustand, meine Stimmung sie bis zur Unkenntlichkeit. Wie oft wurden diese Saiten, die nur wenige Stunden zuvor aus Luft oder einem noch feineren Stoff zu sein schienen, zu stimmlosen Därmen, groben Schnüren. Wie oft wurde mein Bogen, anstatt zu fliegen, so schwer, daß er mein Handgelenk verbog wie eine Bleistange und die Stimme meiner Geige grob, quietschend, gewöhnlich machte, zu einer Stimme, die ich nicht wiedererkannte. Die Schlußfolgerung aus diesen Wahngedanken war, daß die Musik die absoluteste Treue verlangte, denn kaum hatte man sie verlassen, war man zu hoffnungsloser Einsamkeit verdammt. Aber alle Ängste, alle Schrecken verschwanden in dem Augenblick, an dem ich anfing zu spielen. Und so blieb mir nichts anderes übrig, als so lange wie möglich meine Übungen fortzusetzen, mein Repertoire, das immer umfangreicher wurde, jedesmal von Anfang bis Ende durchzuspielen und wieder und wieder von vorn anzufangen. Aber das brachte mich in kurzer Zeit an die Grenze meiner Widerstandsfähigkeit.

Als man es mir sagte, wollte ich es nicht glauben. Ich war nicht davon zu überzeugen, daß es so weit kommen könnte, daß die Musik meine Gesundheit gefährdete. Und ich vermochte auch nicht einzusehen, daß die Gesundheit so wichtig war, daß mein Studium unterbrochen werden mußte und ich von meinem Instrument getrennt wurde. Als der Arzt eine gewisse Schwächung der Lungen bei mir festgestellt hatte, bestimmte er kategorisch: absolute Ruhe und frische Luft. Und eine Zeitlang keine Geige.

So brachte uns mein Stiefvater in jenem Sommer mit seinem neuen Auto, einem laut hupenden, chromglänzenden Packard, in ein Hotel am Plattensee, wo ich mit meiner Mutter die traurigsten Ferien verbringen sollte. Einquartiert in einem Hotel mit Blick auf den See, sah ich viele Leute kommen und gehen, aber ich freundete mich mit niemanden an, schon gar nicht mit gleichaltrigen Jungen. Ich schmollte ständig. Meine Mutter las oder stickte, und ich blieb stundenlang traurig und gelangweilt auf der Terrasse am See sitzen, während ringsumher meine Altersgenossen herumtollten. Ihre lauten Spiele vermochten jedoch nicht, mich aus meiner scheinbaren Apathie aufzurütteln. In Wirklichkeit war mein Kopf damit beschäftigt, mein ganzes Repertoire Note für Note durchzugehen. Ich hatte ein erstaunliches musikalisches Gedächtnis. Es reichte, ein Musikstück einmal zu hören, um es spielen zu können oder es singend wiederzugeben. Ich konnte es auch lautlos, nur im Kopf. Hin und wieder entschlüpfte mir unversehens ein Laut, den meine Mutter mit einem Zeichen des Mißmuts verwechselte. Aber sie war zufrieden, wenn sie mich ruhig sah, und hütete sich wohlweislich, mich zu Spielen mit den anderen Jungen zu ermuntern. Die Anweisung des Arztes war klar gewesen: Anstrengungen waren verboten, Aufregungen ebenso.

Von all diesen Verboten war das Lernen ausgenommen: so verbrachte ich am Nachmittag einige Stunden auf meinem Zimmer, um meine Ferienaufgaben zu machen. Aber ich wurde schnell müde, den größten Teil der Zeit verbrachte ich ausgestreckt auf dem Bett, dachte an die Musik, an meine Geige, und zählte die Tage, die mich noch von ihnen trennten.

In diesem Zimmer geschah eines Tages etwas Außergewöhnliches. Es war schon fast Abend, und ich saß am Schreibtisch vor einem offenen Buch, beschäftigt mit Träumen, als ich plötzlich glaubte, eine akustische Halluzination zu haben. War es möglich, fragte ich mich, daß ich beim Denken den Klang meiner Violine materialisieren konnte? Dieser Klang erreichte mich tatsächlich, von wer weiß woher, zeitweise deutlicher, hin und wieder gedämpft, als würde er von Windböen herangetragen. Ich sprang vom Stuhl auf und lief zum Fenster, aber draußen, auf der großen, unter mir liegenden Terrasse waren dieselben Leute wie immer. Hier war der Klang sogar völlig verschwunden, und nach kurzer Zeit war ich sicher, daß es sich um eine Täuschung gehandelt hatte. Aber als ich mich vom Balkon entfernte, war er wieder da, dieser Klang, kaum wahrnehmbar, bis er sich ganz verlor und kurz darauf deutlicher als zuvor wieder auftauchte. Ich dachte an den Klang eines Grammophons in einem benachbarten Zimmer, obwohl es sich nicht um eine derartige Musik handelte.

Bis ich schließlich, als ich langsam im Zimmer umherging, die Richtung, aus der sie kam, erkannte. Es bestand kein Zweifel, diese Töne mußten von meinem Schreibtisch kommen, wie vom Mechanismus einer Spieldose. Aber erst als ich alle Schubläden geöffnet hatte, ohne etwas zu finden, begriff ich, daß diese Musik ihre Quelle unter dem Schreibtisch hatte. Ich kniete mich auf allen vieren nieder, und es gelang mir, in der Zimmerecke eine Stelle im Fußboden auszumachen, durch die die Töne drangen. Ich legte ein Ohr auf den Boden, und diesmal hörte ich es deutlich: es war kein Grammophon, sondern es war jemand, der im darunterliegenden Stockwerk Geige übte. Es war auf jeden Fall das Üben eines Meisters: die Töne flogen ohne Pause, ohne jede Unsicherheit, mit einer unglaublichen Schnelligkeit: punktiert, legato, getragen, staccato ... Es waren die Übungen von Ševčik, die langweilige Technik war Virtuosität geworden.

Die Lautstärke des Klangs variierte jedoch, kam und ging, und bei jedem Wiederanschwellen schienen die Saiten wenige Handbreit von meiner Wange entfernt zu vibrieren. Ein Zeichen, daß der Geiger hin und her ging, während er übte. Auf einmal hörte die Folge der Übungen auf, und es ertönten die Noten des *Konzerts in D-Dur* von Mozart: das Allegro moderato, das Andante, das Rondo mit dem Andante grazioso zum Schluß. Ich hörte wie gebannt zu. Wer weiß, was meine Mutter gedacht hätte, wenn sie in diesem Augenblick hereingekommen wäre! Ich verharrte so, auf dem Boden ausgestreckt, mehr als eine Stunde, glaube ich. Dann hörte der Zauber auf.

An diesem Abend schaute ich mich beim Abendessen um und versuchte die Identität des geheimnisvollen Geigers zu lüften, aber das Hotel mit seinen zweihundert Zimmern beherbergte fast ein halbes Tausend Menschen, und das Restaurant war stolz auf drei verschiedene Küchen mit ebensovielen Speisesälen.

Am nächsten Morgen nahm ich meinen Mut zusammen und ging zu dem Angestellten an der Rezeption, um ihn nach dem Namen des Gastes zu fragen, der das Appartement direkt unter uns bewohnte. Er beschied mich sehr von oben herab, daß er darüber keine Auskunft geben könne.

»Ich habe geglaubt, den Klang einer Geige zu hören«, versuchte ich den Angestellten zu besänftigen. Aber dies machte ihn noch mißtrauischer: »Wann war das, etwa in der Nacht?«

Ich war verwirrt von dieser Frage. »Nein«, sagte ich, »es war gestern Nachmittag.« Bei diesen Worten schien sich das Gesicht des Mannes aufzuheitern. »Sie haben also keine Klagen gegen Fräulein Hirschbaum vorzubringen.«

»Hirschbaum?« fragte ich, fast blind, da mir das Blut ins Gesicht geschossen war. »Sophie Hirschbaum?«

So erfuhr ich, daß die berühmte österreichische Solistin seit einigen Tagen in unserem Hotel abgestiegen war.

Ich kannte sie nicht, ich hatte sie nie gesehen. Aber als sie sich an eben diesem Morgen wenige Meter von dem Platz entfernt, an dem ich mit meiner Mutter saß, auf die Terrasse setzte, hatte ich keinen Zweifel: Ich erkannte sie mit jener Art von Vorahnung, mit der man sich an ein Gesicht erinnert, bevor man es zum ersten Mal erblickt, als tauche es aus einem Gedächtnis auf, das uns nicht gehört.

Sie saß dicht bei uns. Sie bemerkte sofort, daß ich sie anblickte, und schenkte mir ein Lächeln. Danach schien sie es zu vermeiden, meinen Blick zu erwidern, ließ sich jedoch betrachten, setzte sich bewußt mit einer gespielten Trägheit meiner Aufmerksamkeit aus. Das Gesicht, dessen Blässe durch eine große Menge rotblonder Locken betont wurde, überließ sich manchmal einer Art kurzsichtiger und sanfter verzückter Starrheit, die mich sofort mit Rührung erfüllte. Besonders faszinierte mich der Schnitt ihres Mundes, der ihrem jungfräulichen Gesichtsausdruck etwas Schmerzliches verlieh, wie der Verdacht einer plebejischen Herkunft bei einer königlichen Erscheinung oder wie eine dunkle, hinter sich gelassene, aber keineswegs vergessene Vergangenheit. Sie muß es sein, sagte ich mir. Aber Sicherheit erlangte ich erst in dem Augenblick, als sie sich dem Kellner zuwandte, der von hinten an sie herangetreten war, und ich das bräunliche Mal zwischen Hals und Kinnlade sah, das Zeichen, das die Geiger sich im Laufe der Jahre beibringen, wenn sie die Wange auf die harte Ebenholzmuschel ihres Instruments drücken. Es bestand kein

Zweifel, ich hatte Sophie Hirschbaum vor mir. Und ich spürte jetzt schon, daß ich mich in sie verliebt hatte.
Dennoch wartete ich keine Minute damit, sie kennenzulernen. Ich übertraf mich selbst an Mut. Ich ging, ohne zu zögern, an ihren Tisch, stellte mich vor und sagte ihr, daß ich Geige spielte und ein großer Bewunderer von ihr sei. Ich war ein wenig verwirrt, als sie mich fragte, bei welcher Gelegenheit ich sie spielen gehört hätte. Da gestand ich ihr, daß ich am Tag zuvor allein gewesen wäre und ihr einen ganzen Nachmittag lang mit auf den Boden gepreßten Ohren zugehört hätte. Sie schien darüber belustigt zu sein, allerdings auch geschmeichelt, und so schlug sie mir vor, diese unbequeme Haltung aufzugeben und an diesem Nachmittag um vier Uhr zu ihr zum Tee zu kommen. So könnte ich ihr bequem im Sessel sitzend zuhören.
Nachdem ich die Erlaubnis meiner Mutter eingeholt hatte, klopfte ich pünktlich um vier Uhr an Sophies Tür. Sie selbst öffnete mir und wies mir einen Sessel zu, auf den ich mich schweigend kauerte. Neben mir standen eine dampfende Teekanne, ein Iglu aus weißen Zuckerwürfelchen und ein Tablett mit Keksen, doch ich hütete mich, etwas anzurühren, aus Angst, auch nur das leiseste Geräusch zu machen. Nachdem ich mich hingesetzt hatte, schien sie meine Anwesenheit nicht mehr zu beachten. Sie ging zum Tisch, auf dem sich zwei offene Kästen befanden, deren Inneres aus grünem Samt war und die eine Geige und eine Viola enthielten. Nach einem Augenblick des Zögerns, als könne

sie sich nicht entscheiden, welche von beiden sie nehmen solle, nahm sie die Geige heraus und begann zu spielen. Der Strich war klar, durchsichtig, und mir verschlug es beim Zuhören vor Erregung den Atem. Am Anfang schien mir, als nähme ich in diesen nervösen Bewegungen einen Rest kindlichen Eigensinns wahr, denselben, den ein Kind veranlaßt, etwas auf jeden Fall haben zu wollen, rot zu werden vor Wut und mit den Füßen auf den Boden zu stampfen; aber sobald die Töne erklangen, sich von ihrem Bogen lösten, schien sie sich zu verwandeln, eine strenge, fast männliche Miene zu bekommen. Sie blieb in der Mitte des Zimmers, mit steifem Rückgrat, das Kinn mit einer Geste der Verachtung nach oben gerichtet, als demütigte es sie, mir wie auf einem Tablett eisige Blumenstengel und verwelkende Blütenblätter servieren zu müssen.
Ich spürte, daß ich sie mein ganzes Leben lang lieben würde. Mich störte es nicht, daß sie eine erwachsene Frau war und ich nur ein Kind, daß zwischen uns ein Altersunterschied von zehn Jahren bestand (zu dieser Zeit war Sophie Hirschbaum vierundzwanzig Jahre alt und ich noch nicht einmal dreizehn). Mich beunruhigte auch nicht die Tatsache, daß sie ihre Europatournee fortsetzen würde, während ich bald nach Budapest zurückkehren mußte. Die Straßen, auf denen wir uns begegnen würden, waren nicht auf Karten verzeichnet, waren vergänglich wie die Kielwellen der Schiffe, die dennoch, so groß der Ozean auch war, immer dieselben Routen durchpflügten.

Plötzlich hörte Sophie auf zu spielen und kam zu mir. Sie bemerkte, daß der Tee kalt geworden und der kleine Keksberg unberührt geblieben war, sagte aber nichts. Sie fragte jedoch, ob ich meine Geige dabeihätte und ob ich auch jeden Tag übte. Ich mußte ihr von der unerfreulichen Lage erzählen, in der ich mich befand. »Aber jetzt«, fügte ich hinzu, »werde ich bald zurückkehren und das Üben wieder aufnehmen.«
»Es ist wirklich schade, daß du deine Geige nicht mithast«, sagte sie. »Aber momentan können wir uns damit behelfen.« Mit diesen Worten reichte sie mir die Geige, ihre, die sie soeben benutzt hatte, und bat mich, ihr etwas vorzuspielen. Ich schaute sie zögernd an. Würde ich nach einer so langen Pause noch spielen können? Ich machte mir Mut und nahm die Geige in den Arm, und obwohl das Instrument viel größer war als meines, fand ich sofort zu meiner Sicherheit, und fast wie im Traum, versunken im Lichtschein ihres Blickes, improvisierte ich für sie Variationen über eine ungarische Volksweise. Sophie begann sofort, mich mit der Viola kontrapunktisch zu begleiten. Und als die Musik sich zur Tonika auflöste, verharrten wir dort, nah, vereint im selben Empfinden. Dann sah sie mich merkwürdig an, umarmte mich und küßte mich auf den Mund. »Du darfst sie nicht aufgeben«, sagte sie zu mir. »Denk daran. Du darfst sie nie aufgeben.«

Es ist zwecklos, Ihnen verständlich machen zu wollen, wie wunderbar das für einen Jungen in meinem Alter war. Es war ein magischer Moment. Aber dieser herrliche Nachmittag wiederholte sich nicht. Am nächsten Morgen kam ein aufgeregtes Grüppchen von Leuten an, die, soweit ich es verstand, auf der Suche nach Sophie waren und von denen sie, was leicht zu erraten war, sich zu entfernen versucht hatte, um eine Zeitlang Ruhe zu haben. Aber diese Leute hatten nicht lange gebraucht, ihr auf die Spur zu kommen und sie zu finden. Und jetzt, nachdem sie die Hotelhalle mit einer ungeheuren Anzahl von Gepäckstücken in Besitz genommen, die Fahrstühle und Gepäckträger für sich allein beansprucht hatten, hatte sich dieser kleine Hof – eine geschwätzige Frau, ein älterer Gentleman und ein dickbäuchiger Herr mittleren Alters – schließlich im Hotel eingerichtet. Sie hatten gleich begonnen, sie zu bedrängen, sie mit Ratschlägen, Empfehlungen, Versprechen zu überhäufen und sie ohne Unterlaß zu verhätscheln, ihr bis zur Erschöpfung zu schmeicheln.
Und schließlich kam er, ihr Anbeter. Er hatte energische Züge, einen nervösen Gang, der skandiert wurde von einem eleganten Spazierstock. Das zerzauste Haar zeigte den Freigeist des Künstlers. Bei seinem Erscheinen verschwand das Terzett. Als sie allein waren, kämpfte Sophie lange mit ihm, von den Worten ging sie zur Tat über, ihre kleinen Fäuste versuchten vergeblich, diese unsensible Brust aufzurütteln, die mit einer enganliegenden, auffälligen Weste aus Cretonne beklei-

det war, auf der eine goldene Krawattennadel mit kostbaren Steinen prangte. In der halbverlassenen Halle packte er sie am Handgelenk und versuchte sie zu küssen, aber es gelang ihr, sich zu befreien und in den Aufzug zu fliehen, wo sie jedoch eingeholt wurde, bevor die Türen sich schlossen.

Erst jetzt tauchten die drei wieder auf und setzten sich an einen Tisch, wo sie in trauernder Ruhe verharrten, wie bei einer Krankenwache. Sie waren offensichtlich um ihr Mündel besorgt, aber keiner rührte sich. Ich war empört. Ich fragte mich, wie sie Sophie diesem Manne ausgeliefert lassen konnten, ohne etwas zu tun. Verzweifelt ging ich in mein Zimmer hinauf, warf mich auf den Boden, legte das Ohr auf die Dielen und hörte, wie er die schrecklichsten Dinge schrie.

Schließlich ging er mit derselben Wut, mit der er angekommen war, wieder fort. Jetzt faßten ihre Begleiter wieder Mut, gingen hinauf zu Sophies Appartement und klopften leise an. Von der anderen Seite der Tür kam keine Antwort. Die drei klopften nochmals und riefen. Wieder Schweigen. Die Frau lief schreiend zur Treppe, und nach kurzer Zeit kam ein Diener mit dem Hauptschlüssel. Aber es stellte sich heraus, daß die Tür von innen verriegelt war. Schließlich kam der Direktor persönlich, und nach wenigen Minuten hebelten zwei Bedienstete den Türflügel auf.

Kurz darauf wurde Sophie Hirschbaum, nachdem der Hotelarzt ihr zu Hilfe geeilt und es ihm gelungen war, die Blutung zu stillen, in das nächstgelegene Krankenhaus gebracht. Sie hatte ein ganzes Röhrchen Veronal geschluckt und sich danach die Pulsadern mit der Spitze einer Schere aufgeschnitten.

Mit Sophie verschwand auch der Begleiterschwarm. Den ganzen Nachmittag suchte ich jemanden, von dem ich etwas über sie erfahren konnte, aber niemand konnte mir etwas sagen. In den Zeitungen des folgenden Tages fand ich nichts und mußte auf den übernächsten Tag warten, bis ich erfuhr, daß sie gerettet worden war. Der Artikel in der »Wiener Zeitung« schrieb Sophies Tat einer Krise zu, verursacht durch die endlose Tournee, von der sie seit über einem Jahr in Atem gehalten wurde. Diese Nachricht beendete meine Verzweiflung und verscheuchte meinen verrückten Vorsatz: hatte ich doch geschworen, daß ich ihr wie im Leben auch in den Tod gefolgt wäre.
Einige Tage später verließen wir das Hotel, früher als geplant, weil dieses Ereignis auch meine Mutter erschüttert hatte.
Auf der Rückreise sprach ich kein einziges Wort, saß viele Minuten mit geschlossenen Augen, schluckte die immer wieder hochsteigenden Tränen hinunter. Vor dem rötlichen Hintergrund der mit Mühe aufeinandergepreßten Augenlider tauchte das außerordentlich klare Bild von Sophie auf. Und ihre Lippen brannten noch auf meiner Haut.
Diese Fahrt wäre vielleicht die unerträglichste Sache meines Lebens gewesen, wenn da nicht, um sie ertra-

gen zu helfen, der Gedanke gewesen wäre, daß ich in kurzer Zeit wieder spielen würde. Schon das ließ mich ihr näher sein.

Als wir zu Hause ankamen, ging ich sofort in mein Zimmer, entdeckte aber, daß die Geige verschwunden war. Ich war überzeugt, daß man sie mir gestohlen hatte, und lief verzweifelt zu meiner Mutter. Aber sie schien über diesen Vorfall nicht beunruhigt. Sie zog mich zu sich heran und sagte mit feierlicher Stimme: »Jetzt bist du erwachsen.«

Einen Augenblick lang glaubte ich, daß sie mir mit diesen Worten sagen wollte, die Geige sei bis jetzt ein Spiel gewesen und daß ich nun, da ich erwachsen war, auf sie verzichten müßte. Ich spürte schon, daß ich die Verzweiflung nicht ertragen würde, da sah ich, ihrem Blick folgend, auf dem Tisch die Geige, die meinem Vater gehört hatte.

»Jetzt ist der Augenblick gekommen, sie dir zu übergeben«, sagte sie und umarmte mich. Schon die Berührung genügte, um mich ein schmerzliches Schaudern spüren zu lassen, das mich vom Kopf bis zu den Füßen durchlief. Es war, als wollte der Körper sie in sich aufnehmen und sich ihr anverwandeln. Die Gliedmaßen erfuhren eine Streckung, die Finger wurden beim Anfassen des Griffbretts länger, und als ich die Wange in die Vertiefung des Kinnhalters legte, eben desselben, auf den mein Vater sich gestützt hatte, stand plötzlich sein Bild klar und dicht vor mir, und wie in einer Aufwallung wurde mir klar, wie groß das Geschenk war, das er mir hinterlassen hatte. Im Vergleich zu diesem vollkommenen Instrument waren alle meine früheren Geigen nur Spielzeuge gewesen. Und als ich endlich nach so langer Zeit wieder zu spielen begann und die Geige zum Klingen brachte, hatte ich das Gefühl, ein anderer zu sein: jemand, der in mir war und mich zugleich in sich barg. Es war, als ob dieser Geige ein geheimnisvoller Geist entspränge, ein cholerischer Genius, der in diesem grausamen und schmerzerfüllten Gesicht dargestellt ist, das ich auf der Oberfläche des Resonanzbodens sah, fast so, als beugte er sich über das Wasser, aus dem er soeben nach Luft schnappend aufgetaucht war.

Man schrieb das Jahr 1932, und ich hatte mein dreizehntes Lebensjahr vollendet. Ein wichtiges Jahr. In meinem Studium tat ich mich in solchem Maße hervor, daß ich zu einem internationalen Wettbewerb zugelassen wurde, der in Erinnerung an den großen Joseph Joachim dessen Namen trug. Unter zweihundert Teilnehmern aus allen Teilen Europas gewann ich nach einer Reihe von Ausscheidungen in der Gruppe Schüler ohne Abschluß völlig verdient. Die Bedeutung dieses Wettbewerbs bestand in der Tatsache, daß dem Sieger ein Stipendium zuteil wurde, das ihm ein Studium am Collegium Musicum ermöglichte – der Traum jedes jungen Violinisten.
Das Collegium Musicum, nicht weit von Wien entfernt gelegen, war von den Straßen, die zum Olymp führten, die beschwerlichste, aber auch die direkteste. Der Abschluß am Collegium garantierte eine Anstellung in einem großen ständigen Orchester. Diese Schule hat nicht nur einige berühmte Solisten hervorgebracht, wie eben Sophie Hirschbaum, deren Werdegang ich, vom

Zufall begünstigt, der mir zu dieser Zeit noch gewogen war, zu verfolgen begann. Uns trennten nicht die Jahre oder die Entfernung: nur meine Anstrengung konnte den Abstand verkürzen und mir eines Tages gestatten, sie wiederzusehen.

Vielleicht konnte ich eines Tages, sagte ich mir, an ihrer Seite das *Konzert für zwei Violinen in d-moll* von Bach spielen oder die *Konzertante Sinfonie für Geige und Bratsche in Es-Dur* von Mozart. Oder vielleicht würde ich einem Quartett angehören, das ständig auf Welttournee war. Ich stellte mir schon den Blick des Einverständnisses vor, den wir vor jedem Einsatz und jedem Satz wechseln würden, ich fühlte mich schon auf der Welle ihrer Töne hinter ihr herfliegen, sie manchmal begleitend, um mich dann in ihrem Kielwasser mitreißen zu lassen. Ich sah mich schon nach Ende des Konzertes Hand in Hand mit ihr vor dem applaudierenden Publikum verneigen.

Der Mann, der gesagt hatte, er heiße Jenö Varga, verstummte in diesem Moment. Von uns unbemerkt, hatte sich das Lokal geleert, und die Kellnerin nahm gerade die Decken von den im Freien stehenden Tischen. Sie kam auch zu uns und machte uns darauf aufmerksam, daß jetzt Sperrstunde sei, aber sie bot uns an, gern auch die ganze Nacht hier sitzen zu bleiben, wenn wir wollten. Ich wollte die Rechnung bezahlen, doch Varga sträubte sich, und bevor ich zu meiner Brieftasche greifen konnte, hatte er bereits eine Handvoll Münzen auf dem Tisch aufgehäuft, die nach raschem Nachzählen in der großen Geldbörse der Kellnerin verschwanden. Wir baten sie vergebens um den Gefallen, uns noch eine letzte Runde zu bringen. Aber als die Frau gegangen war, zuckte er die Achseln und holte einen Flachmann mit Obstler aus der Tasche, entkorkte ihn und nahm einen Schluck. Er bemerkte jedoch die Unhöflichkeit, bat mich um Verzeihung und wollte mir die Flasche reichen, nachdem er mit der Handfläche die Öffnung abgewischt hatte. Ich lehnte freundlich ab. Er nahm noch einen Schluck. Aber er schwieg weiter.

Während langer und bedrückender Minuten schien er einer inneren Stimme zu lauschen.

Vielleicht – sagte er schließlich – wäre, wenn ich eine andere Wahl getroffen hätte, nicht nur mein Leben, sondern auch mein Tod ein anderer. Ich hätte einen bequemeren, aber auch weniger würdevollen Weg einschlagen können. Nachdem ich diesen schwierigen Wettbewerb gewonnen hatte, fehlte es nicht an Angeboten, mich als *enfant prodige* zu engagieren und vorzuführen. Meine Mutter wollte diesen Verlockungen jedoch nicht nachgeben.

Aber wer weiß, warum ich Ihnen von diesen Dingen erzähle. Es ist töricht, über verpaßte Möglichkeiten zu sprechen, wenn man weiß, daß das Leben nur einen einzigen Weg hat: jenen, den wir gewählt haben. Eine Sache ist jedoch sicher: ich trat in einem verträumten Seelenzustand über die Schwelle des Collegium Musicum. In völligem Unwissen also; und ohne dieses Gefühl des Nacheiferns und der Liebe zu Sophie Hirschbaum hätte mich vermutlich mein Selbsterhaltungstrieb vor dem Eintritt in dieses von den Spießbürgern halb Europas so begehrte Institut gewarnt, die tatsächlich nicht ahnten, welches Leben dort geführt wurde und welcher tödlichen Gefahr ihre in diesen Mauern eingeschlossenen Söhne ausgeliefert waren, die zu Mauern einer alten Strafanstalt wurden. Allein ihr gewaltiger Anblick hätte sie vor der Bedrohung, die das Gebäude sogar schon von außen darstellte, warnen sollen. Das Talent hätte nicht mit einem Aufenthalt in der Hölle belohnt werden dürfen. Und da dieser Widerspruch absolut unlösbar gewesen war, weder durch eine Veränderung des schrecklichen Äußeren dieses Ortes noch des ebenso schrecklichen Charakters seiner Bewohner, bestand der einzige logische Schluß, zu dem man kommen konnte, darin, daß jede Fähigkeit streng bestraft wurde.

Schon in dem Augenblick, als sich das Eisentor hinter mir schloß, begriff ich, daß es aus diesem Ort nur eine Art des Entrinnens gab: bis zum Ende jede Erniedrigung, jeden Willen desjenigen, der mein Heranwachsen verhindern wollte, zu ertragen. Eine Rückkehr war nicht möglich. Die Aufgabe wäre als eine unverzeihliche Niederlage für den angesehen worden, der wie ich das Privileg hatte, mit einem Stipendium in die renommierteste Violinschule Europas aufgenommen worden zu sein. Ich mußte also meine Studien mit Erfolg abschließen – oder sterben.

Während ich, in einer Reihe mit zweihundert anderen Schülern, im großen Hof stand und auf den Beginn der Begrüßung wartete, hörte ich etwas wie das Raunen einer dunklen Versuchung. Es sollten viele Tage vergehen, bis ich ihr wahres Wesen erkannte, denn das, was ich sogleich wahrgenommen hatte und was über Monate und Jahre inmitten dieser hochtrabenden Gesichter in einer fortwährenden Atmosphäre der steifen Würde und Ohnmacht fortdauern sollte, war nichts anderes als die Anstiftung zum Selbstmord.

Heute ist vom Collegium Musicum nichts weiter übriggeblieben als ein von Unkraut überwachsener Steinhaufen. Ich bräuchte eine detaillierte Karte, um Ihnen den genauen Standort des Gebäudes zeigen zu können, das während des Krieges als Munitionsdepot benutzt und vor der Niederlage in die Luft gejagt worden war. Ein Glück, daß dieser schreckliche Ort ausradiert wurde, wenn auch nicht in meiner Erinnerung. Auch zu jener Zeit war es nicht einfach, dorthin zu gelangen. Das Colligium stand nämlich in Niederösterreich, im Donautal an der Straße von Stockerau nach Tulln. Man konnte es nur vom Zug aus erkennen, weil es abseits der gewöhnlich benutzten Straßen lag. Von weitem sah es aus wie eine auf dem nackten Felsen errichtete Festung. Auch im Innern schien alles in sich gekehrt und von der Außenwelt abgeschlossen zu sein, weil sich das Gebäude nur mit einigen Schießscharten auf eine öde und steinige Landschaft öffnete, auf einen düsteren Horizont, der noch nicht einmal in weiter Ferne ein Zeichen jener menschlichen Gemeinschaft erkennen ließ, die wir für immer verlassen zu haben glaubten. Der einzige freie Platz, der allerdings einem von Bergen umschlossenen Tal glich, in dem die Sonne kaum die Kämme streifte, war ein mit Schotter bedeckter und von Säulengängen gesäumter Hof, wo die Bronzebüsten der berühmten früheren Lehrer standen, die in der dargestellten Größe wie abscheuliche Makrozephale aussahen.
Diesen Hof durften wir nur zweimal am Tag betreten:

am Abend zur Erholung und am Morgen bei Sonnenaufgang zu den Turnübungen. Den Rest des Tages verbrachten wir in geschlossenen Räumen, einer militärischen Disziplin unterworfen. Unsere Zimmer waren enge Zellen mit einem einzigen winzigen Fenster, aus dem man sich jedoch nicht einmal hinauslehnen konnte, weil es zu hoch und in eine mehr als armdicke Mauer versenkt war. In dieser Zelle gab es nichts außer einem Klappbett, auf das man sich setzen konnte und das, wenn es heruntergeklappt war, noch nicht einmal mehr Platz zum Stehen ließ, es sei denn, man preßte sich an die Wand. Um neun Uhr abends wurden die Türen dieser Behausungen von außen abgeschlossen, die Lichter gelöscht, und niemand durfte vor fünf Uhr am nächsten Morgen hinaus. Dann versammelten wir uns alle auf dem Hof zu Freiübungen, im Sommer und im Winter, bei jedem Wetter. Anschließend stürzten wir zu den Duschen, kleinen Holzställen, regelrechten Fallen, bei denen man, bevor man die Tür öffnete, einen gezackten Knauf kräftig drehen mußte, ein Federtriebwerk, das am Schluß einschnappte und den einschloß, der es gewagt hatte, sich länger als die erlaubten fünf Minuten zu waschen. Der Säumige blieb den ganzen Tag eingesperrt, und im Klassenbuch wurde ein unentschuldigtes Fehlen eingetragen. Und wehe dem, der sich erdreistete, ihn zu befreien, denn ihn ereilte das gleiche Schicksal. Aber tatsächlich riskierte das niemand, weil das Collegium Musicum ein Ort des erbitterten Wettstreits war, wo jeder nur an sich selbst dachte. Jede Verfehlung wurde im Zeugnis des Schülers genau festgehalten, und es reichte schon eine Kleinigkeit, um den Ausschluß zu riskieren. Regeln und Verbote gab es ohne Ende. Man durfte keine goldenen Gegenstände, kein Geld, keine Briefe, Zeitungen und Bücher – außer Schulbücher – bei sich haben, man durfte nicht singen, sprechen oder lärmen. Es war verboten, sich an die Wand zu lehnen oder zu sitzen, auch in der Pausenstunde nicht. Die wenigen Male, in denen es uns erlaubt war, mußten wir, ohne uns anzulehnen, kerzengerade sitzen. Und dieses martialische Verhalten mußten wir immer, egal in welchem Augenblick, zeigen: alles mußte rasch gemacht werden und jeder Ortswechsel hatte im Laufschritt zu erfolgen.

Um halb sechs trafen wir uns alle im Speisesaal, wo wir am Tisch stehend endlose Gebete sprechen und Hymnen und Lieder singen mußten, bevor wir das Essen einnehmen durften, für das uns eine Viertelstunde zugestanden wurde. Pünktlich um sechs Uhr hatten wir in unseren Zellen zu sein. Nachdem wir sehr genau und sorgfältig das Bett gemacht, es hochgeklappt und an der Wand befestigt hatten, weil sonst kein Platz gewesen wäre, sich zu bewegen, übten wir zwei Stunden lang auf der Geige. Zwei Stunden lang unter den unbequemsten Bedingungen, die man sich vorstellen kann, bei einer Akustik, die in einem Grab besser gewesen wäre. Jeder machte seine eigenen Übungen inmitten von erbärmlichsten Mißtönen. Manchmal schien es dir, als hörtest du das Geschrei und das Flügelschlagen tausender Vögel, die vor einem herannahenden Wirbelsturm flüchten, andere Male ein schreckliches Muhen aus einem in Flammen stehenden Stall. Und dazu kamen die Stockschläge, die ein Aufseher mit der Präzision einer mechanischen Puppe an die Türen hieb; er ging den Korridor auf und ab, mal auf der einen, mal auf der anderen Seite, um auf diese Weise seine Wachsamkeit zu bekunden. Keiner sollte sich einbilden, auch nur einen einzigen Augenblick müßig sein zu können. Ich glaube, nichts kommt dem biblischen Bild der Hölle mit ihren Tränen und ihrem Zähneknirschen näher. Um acht Uhr verließen wir unsere Zellen und gingen in die Klassenzimmer. Das Collegium Musicum war nämlich nicht nur eine Musikschule, sondern auch ein reguläres Gymnasium mit allen humanistischen und naturwissenschaftlichen Fächern der staatlichen Schule.

Das Collegium hatte drei verschiedene Abteilungen. Die Abteilung für das Studium der Streichinstrumente, in der ich mich befand, war die größte und im Südflügel des riesigen Gebäudes untergebracht. Im selben Flügel, allerdings von der unsrigen getrennt, war die Abteilung für das Klavierstudium und das Studium der Blasinstrumente. Im Nordflügel schließlich befand sich das Mädchenpensionat. Vom letzteren wußte man nicht mehr, als man über das Leben in der Klausur eines Klosters in Erfahrung bringen könnte. Nur am Abend, wenn wir aus der Ferne hinüberschauten, konnten wir uns einbilden, hinter den erleuchteten Fenstern einige sich bewegende Mädchengestalten zu sehen. Und oft dachte ich ergriffen, daß auch Sophie Hirschbaum lange Zeit in einer dieser Zellen gefangen gewesen war.

Acht Monate im Jahr durfte keiner von uns das Collegium verlassen außer sonntags, wenn wir unter Führung des Sportlehrers im Gänsemarsch lange Wanderungen durch die Wälder machen mußten, um die Lungen zu kräftigen. Manchmal erblickten wir ein Haus oder ein winziges Dorf und warfen im Vorbeigehen einen neidischen Seitenblick auf das alltägliche Leben. Das war der einzige Kontakt zur Außenwelt, da unsere Schule ein kleines, autarkes Gebiet war, das eine Wäscherei, eine Schlachterei und eine Schreinerei besaß. Es fehlte nicht an Installateuren, Mechanikern, Heizern, Köchen, Gärtnern, Zimmerleuten ... Das ganze Personal kam aus eben diesen kleinen Dörfern, die wir auf unseren Ausflügen sahen. Männer und Frauen, in deren Blicken man Neugier und zugleich Nachsicht wahrnahm. Vor allem die Frauen, die in der Küche arbeiteten und während der Mahlzeiten zwischen den Tischen hindurchgingen, einen riesigen Topf vor sich herschoben und unsere Aluminiumteller mit Suppe füllten, betrachteten uns manchmal mitleidig. Dennoch waren wir gut gekleidet, geschniegelt und augenscheinlich von den Lehrern hochgeachtet und respektiert. Waren wir nicht in jener Esse, in der die künftigen Solisten, die großen Instrumentalisten, die Dirigenten geschmiedet wurden? Waren wir nicht die wenigen Privilegierten, denen unter vielen, die vergeblich an diese Tür geklopft hatten, Einlaß gewährt worden war? Dennoch war es klar, daß diese Bauern und Menschen aus dem Volk ihre Kinder niemals in diesen Mauern hätten sehen mögen.

Die Lehrer indessen waren eingesperrt wie wir (ist es doch hinlänglich bekannt, daß Täter und Opfer in gewisser Weise das gleiche Schicksal erleiden). Ich spreche bewußt von Opfern und Tätern. Unsere zumeist alten Musiklehrer waren alle Schüler des Collegiums gewesen. Irgend etwas muß sie daran gehindert haben, nach dem Studium das Weite zu suchen. Vermutlich hatten die harten Lehrjahre in ihnen das Bedürfnis, sich hervorzutun, und jeden Wunsch nach Freiheit erstickt. Sie hatten das sichere Leben hinter den dicken Mauern gewählt, wenn auch in einer höchst undankbaren Rolle. Sie hatten ihre Zimmer, die nicht viel größer waren als unsere Zellen, ihre regelmäßigen Mahlzeiten, sie waren vor der Außenwelt geschützt und konnten stets über Hunderte von Schülern eine unbegrenzte Macht ausüben. Ob wohl ihre Macht sie zum Bleiben bewogen hatte? Und da sie die kleinen Götter der Mittelmäßigkeit waren, war es ihre Aufgabe zu bremsen, zu entmutigen, sich nicht einholen oder gar überholen zu lassen. Sie mußten dir die falsche Richtung weisen, mußten sich wie Stolpersteine auf deinen Weg legen. Sie mußten dir eine einzige Wahrheit einprägen: daß du dich der Perfektion nur annähern kannst, aber es dir nie gewährt wird, sie zu erreichen. Nicht umsonst stellte das Wappen des Collegium Musicum, das auf unsere Uniformen aus grünem Stoff aufgestickt war, Sisyphos dar, der seinen Stein bergan rollt.

Den Lehrkörper in seiner Gesamtheit bekamen wir nur zum Mittag- und Abendessen zu Gesicht, weil die Lehrer mit uns zusammen aßen, sie saßen auf der sogenannten Bühne, an einem langen Tisch, der auf einem Podest etwas abseits stand, von dem aus sie uns jedoch ständig unter Kontrolle hatten. Die einigende Kraft in dieser Gruppe war der Neid, den sie untereinander hegten, und der Haß, den sie im allgemeinen gegen die Studenten, vor allem den eigenen gegenüber, nährten, ein Haß, der entsprechend dem Talent jedes Jugendlichen, den sie zwischen die Finger bekamen, proportional zunahm. Im gemeinsamen Einverständnis taten sie ihr möglichstes, um dem Schüler das Leben schwerzumachen, angefangen von der Gleichgültigkeit bis zur Arroganz und Quälerei.

Mein erster Lehrer, er trug den Spitznamen Professor »Calando«, war ein abstoßender, fetter und vulgärer Mann mit langem und lockigem Haar, das ihm wie eine Perücke auf die Schultern fiel. Während des Unterrichts schlug er mit einem bemalten Stock den Takt auf dem Boden, und nicht einmal ein Musikmeister am französischen Hof hätte sich so aufgeführt. »Im Takt! Im Takt!« schrie er und stieß dabei den Stock fester auf den Boden. Oder er unterbrach den Studenten mit einer bei seinem Leibesumfang grotesk wirkenden Falsettstimme durch schroffe und willkürliche Hinweise auf die

Intonation: »Calando! Crescendo!« Aber da er nicht angab, auf welche Noten oder Notengruppen er sich bezog, brachte er schließlich auch jeden noch so gut vorbereiteten Schüler völlig durcheinander. Ich begriff seine Taktik schon bei unserem ersten Aufeinandertreffen. Nachdem er mich gebeten hatte, etwas zu spielen, gleichgültig was, gedachte ich, ein *Capriccio* von Paganini vorzutragen, das ich gut kannte. Nach wenigen Takten unterbrach er mich. Ohne Grund. Er unterbrach mich, weil er es nicht ertrug, mich bis zum Ende anzuhören, weil er es nicht ertrug, daß es Vollkommenheit bei einem Grünschnabel geben könnte, der hierhergekommen war, um zu lernen.

»Komm näher«, sagte er in einem Ton, der nichts Gutes verhieß. Ich gehorchte. »Schauen wir uns diese Violine einmal an«, sagte er und nahm sie in seine feisten Hände, hob sie hoch und führte sie zur Nasenspitze, als ob er an ihr riechen wollte. »Hmmm, hmmm ... Was macht dein Vater? Er handelt mit Fleisch. Hmm, hmmm ...«

»Aber er ist nicht mein richtiger Vater, sondern mein Stiefvater«, beeilte ich mich zu erklären. »Mein Vater ist im Krieg gestorben.«

»Und was hat dein richtiger Vater gemacht?«

»Er war Musiker«, log ich.

»Hmm, hmmm, ich verstehe, ich verstehe«, wiederholte er und betrachtete dabei die Geige. »Diese Geige scheint mir allerdings für deine Hand zu groß zu sein, und wenn das Instrument zu groß ist, kommen die

Töne unvermeidlich im Calando zustande. Du mußt üben, mein Täubchen, du mußt viel üben. Glaub nicht, daß du schon alles kannst. Die Schnelligkeit auf Kosten der Intonation ist der häufigste Fehler bei jenen, die sich für ein Genie halten wie du. In den nächsten Monaten und vielleicht für den ganzen Rest des Jahres legst du diese hübsche Geige in ihren Kasten, gibst sie dem Zuständigen in Verwahrung und übst auf einer in unserer Werkstatt für Saiteninstrumente gefertigten Geige.«

An dem, was er sagte, war nichts richtig. Es war eine Provokation. Es war die abscheuliche Tat eines abscheulichen Individuums, das sich darüber hinaus erlaubte, mich Täubchen zu nennen! Nie und nimmer würde ich meiner Geige entsagen. Lieber wollte ich sterben! Dennoch hatte er sich durchgesetzt, ich mußte mein kostbares Instrument dem Lagerverwalter übergeben, der mir dafür eine regelrechte Quittung ausstellte und mir als Ersatz eine glänzende, charakterlose Geige gab. Und Professor Calando hütete sich von diesem Tag an, mich zu bitten, irgend etwas zu spielen, sondern verdonnerte mich zu einer Reihe von Übungen, die nichts Musikalisches an sich hatten, ja sogar der Musikalität zuwiderliefen. Von diesem Augenblick an bekämpften wir uns mit einer wahren Erbitterung, und ich war gezwungen, die verrücktesten und sinnlosesten Stücke zu spielen, auf einem Instrument, das den Klang eines erkälteten Jünglings hatte. Er ließ nicht ab von mir. Unsere Stunden waren regelrechte Gefechte. Aber während ich mich die ersten Male angesichts seiner absurden und bösartigen Bemerkungen nicht beherrschen konnte, lernte ich nach kurzer Zeit, auch die dümmste Kritik schweigend entgegenzunehmen, weil ich mir sicher war, daß mein Talent unantastbar blieb, sosehr dieses Individuum auch die Realität verdrehen mochte. Mit der Zeit begann ich sogar, ihm um den Bart zu gehen. »Maestro«, sagte ich zu ihm, und bei diesem Wort perlte schon der Schweiß auf seiner riesigen Nase, »meinen Sie, daß diese Noten an der Spitze oder am Frosch zu spielen sind?« Oder: »Maestro, welcher Fingersatz ist Ihrer Ansicht nach bei dieser Passage der beste?« Natürlich mußte ich ihm einfache Fragen stellen, die keine übermäßige Überlegung erforderten, sonst wäre er geplatzt. Ich suchte im Naheliegendsten, ich fragte ihn um Rat bei vielen offensichtlichen Dingen, die jeder, der nicht von seiner Eitelkeit besessen war, als Posse erkannt hätte. Aber er merkte nichts. Ich glaube, zum Schluß empfand er sogar so etwas wie Sympathie für mich. Schließlich veranlaßte er, daß mir schon nach wenigen Monaten meine Geige wiedergegeben wurde.

Sie können sich nicht vorstellen, wie schwer es war, sich der Mentalität und den Verhaltensregeln dieses Orts anzupassen. Es genügte nicht, sich einem fremden Willen zu beugen, man mußte jede Art der Heuchelei akzeptieren, die Schmeichelei praktizieren, mußte zur Lüge bis hin zur Denunziation bereit sein. Es gab keine andere Möglichkeit zu überleben.

Und von Jahr zu Jahr wurde es schlimmer. Bei jeder Stufe, die wir erklommen, wurde die Treppe steiler und schien immer länger zu werden. Der neue Lehrer war nicht besser als der vorhergehende, benutzte nur eine andere Taktik, spielte mit anderen Gefühlen. Er beschuldigte dich nicht wie der letzte, sondern umgarnte dich, machte dich zum Freund, lobte dich, forderte dich auf, dich zu öffnen, ihm zu beichten, ihm alles zu sagen, was du über den Vorgänger und seine Lehrmethode dachtest, um dich mit der Erpressung und der schrecklichsten Drohung zu beherrschen: dem Schulverweis. Und je weiter du kamst, desto größer wurde diese Gefahr. Ich fühlte mich jetzt ausreichend sicher, ich kannte deren Spiel. Aber wie viele erwiesen sich im Vergleich zu mir als weniger vorsichtig! Im Collegium Musicum gab es keine Strafen, außer den körperlichen bei den Kleinsten; diese konnten unter allgemeinem Gelächter am Ohr gezogen oder einen ganzen Tag in der Toilette eingeschlossen werden (sie hatten jedoch wenigstens den Trost, ihre Schuld ein für allemal getilgt zu haben). Bei den Größeren hingegen lief es anders: über ihrem Haupt schwebte nach einer Verfehlung bis zum Schuljahresende die große Bedrohung. Erst nach dem Prüfungstermin im Sommer wurde dem »Schuldigen« sein Schicksal eröffnet. Das Urteil wurde öffentlich verkündet, wenn alle in der Aula zur Zeremonie der Diplomverleihung versammelt waren. Nach den verschiedenen Reden der Lehrer und der nicht enden wollenden Ansprache des Direktors war der Weg frei für die

Verteilung der Preise und der Strafen, wobei mit den Strafen begonnen wurde, die immer im Ausschluß bestanden. Der Schüler wurde mit lauter Stimme aufgerufen und aufgefordert, zum Pult zu kommen. Sobald er das Urteil gehört hatte, mußte er die grüne Uniformjacke ausziehen, sie zu Boden fallen lassen und unter aller Augen die Aula verlassen. Eine Todesstrafe oder der Gang zum Schafott konnten nicht schrecklicher sein.

Aber wenn ich in die Augen all jener schaute, die diesem erniedrigenden Schauspiel beiwohnten, konnte man darin nur eine grausame Kälte erkennen, die gleiche Kälte, die ich auch in mir bei Hiobsbotschaften bemerkt hatte; nicht etwa fehlende Sensibilität und auch nicht Gleichgültigkeit, sondern einfach eine Verteidigung gegen den Tod selbst. Er konnte mich treffen, traf aber einen anderen. Das las ich in ihren Augen, das war das Gefühl, das auch ich selbst empfand. Und unsere Kälte vergrößerte sich, wenn der Unglückliche sein Urteil nicht mit Würde annehmen wollte, wenn er sich auf irgendeine Weise zu rechtfertigen suchte, sich zum Weinen, zum Einspruch hinreißen ließ, mit den Füßen auf den Boden stampfte, sich weigerte hinauszugehen und wenn er mit Gewalt aus der Aula geschleift wurde, es noch wagte, um Gnade zu flehen. Die Kälte wurde eisig, wenn der Schuldige mit Selbstmord drohte oder, noch schlimmer, wenn er ihn ausführte, wie es dreimal während meines Aufenthalts im Collegium geschehen ist. Vom Tod zweier Schüler erfuhren wir erst viele Monate nach ihrem Ausschluß, aber da gab es auch einen, der die Entscheidung sofort akzeptierte und mit stolzer Würde die Aula verließ, so daß er unsere Bewunderung gewann, dann ungesehen zu einem der Wälle des Gebäudes ging und sich mit derselben Würde hinunterstürzte. Allerdings wählte ein Schüler, der, mit Höchstpunktzahl und Belobigung versetzt, eine glänzende Zukunft vor sich hatte, dasselbe Ende. Wir konnten es nicht begreifen, warum sowohl das Scheitern als auch der Erfolg zum Selbstmord führen konnten. Keiner von uns konnte auch nur ahnen, wie gering der Abstand war, der uns vom Tod trennte.

Vielleicht fragen Sie sich jetzt, wie das Collegium Musicum angesichts dieses Terrorregimes einen so guten Ruf in Europa genießen konnte. Wie war es möglich, daß eine Schule, in der jedes aufstrebende Talent mit Füßen getreten wurde, perfekte Musiker hervorbrachte? Am Anfang hatte ich geglaubt, daß all dies Teil eines vorherbestimmten Plans war, ich dachte, sie wollten dich stärken, indem sie dir die ganze Sicherheit nahmen, dich von der Selbstzufriedenheit, von der Überheblichkeit, von der Eitelkeit befreien, um dich zu einem wahren Virtuosen zu formen. Zu einem Musiker, dem das Glück hold sein würde in Einklang mit dem Motto des Collegiums: *Virtuti Fortuna Comes.* Aber so war es nicht. Wir waren einfach nur in den Händen kleinlicher Menschen.

Dennoch wurde in bezug auf das Collegium Musicum

immer von großen Lehrern gesprochen. »Von großen Lehrern geformte große Schüler«, sagte man über diese Schule. Aber diese großen Lehrer konnten nicht jene sein, die ich tagtäglich sah: die Elenden, die keine einzige Gelegenheit ausließen, sich gegenseitig über die läppischsten Dinge bis aufs Blut zu bekämpfen, die Lügner, die es noch nicht einmal wagten, eine Geige in die Hand zu nehmen, und dir etwas über Noten, Stellungen sagten und dir einen endlosen Vortrag über den richtigen Winkel des ersten Glieds des kleinen Fingers halten konnten, die aber niemals über Musik gesprochen und niemals in deiner Anwesenheit Musik gemacht hätten, um ihre Armseligkeit nicht enthüllen zu müssen. Sie waren keine Maestri, sondern unterschiedliche Personifikationen des Zweifels, der Angst, des Betrugs. Sie waren das Laster, das einen Anschlag auf deine Tugend machte, die Wächter der Unterwelt, die dir den Ausgang aus dem Höllenkreis verwehrten, in den du geraten warst.

Wir befanden uns im Höllenreich, doch auch dorthin stieg Orpheus hinab, besänftigte die Götter der Unterwelt und ihre Wächter und beendete mit seiner Musik jede Qual. Sogar Sisyphus' Stein blieb auf seinem Abhang liegen. Und der zu Besuch gekommene Orpheus nahm das Gesicht eines Enescu, eines Flesch und eines Hubay an, der größten Violinisten der Epoche, heute würden sie Menuhin, Ojstrach, Ughi heißen ... Sie waren im späten Frühjahr zu Gast, hielten ihre Seminare ab und beendeten das Schuljahr in der begeisterndsten

Weise und ließen uns jedes Leiden und jede Erniedrigung vergessen, weil in diesem Zeitraum von vier Wochen endlich die Musik präsent war, sogar das Grau des Gebäudes und jeder verderbliche Einfluß verschwanden während der ganzen Zeit ihres Aufenthalts. Das allein veranlaßte uns, im nächsten Jahr wieder zurückzukommen.

Es war Sommer, die Schule war zu Ende, und wir kehrten nach Hause zurück. Die Begegnung mit der Welt draußen ärgerte mich fast, ich erlebte die Ferien wie einen unnötigen Zeitverlust. In diesen acht Monaten des Eingeschlossenseins hatte sich mein Geist an die Strenge, die Disziplin, an die Suche nach der Perfektion gewöhnt. Inmitten dieser lärmenden Menschen, die nichts mit Musik zu tun hatten und von ganz anderen Dingen sprachen und sich über Sachen erregten, die ich nicht verstand, fühlte ich mich plötzlich fremd. Zu Hause war meine Zeit ausschließlich dem Üben, der Fertigkeit auf dem Instrument gewidmet. Alles andere war mir fremd, und ich erschien den anderen ebenfalls fremd. Sogar meine Mutter sagte, sie würde mich nicht wiedererkennen. Als ich sie das letzte Mal sah, schien sie mir jedoch ebenfalls verändert. Ich fand, daß sie zugenommen hatte. Es war irgend etwas Sonderbares an ihr. Sie stand fast gar nicht mehr aus dem Bett auf, und manchmal beschwor sie mich, mit dem Spielen aufzuhören, als ob der Klang meiner Geige eine Tortur für sie sei. Worte, die mich beschämten. Dieser Klang war mein ganzes Leben. Wenn ich nicht dermaßen in meinem Ehrgeiz gefangen gewesen wäre, hätte ich vielleicht bemerkt, daß sie schwanger war.

Im vierten Collegiumsjahr, zu Beginn des ersten Trimesters, erhielt ich ein Telegramm von zu Hause: mein Stiefvater bat mich, schnellstens zurückzukommen, weil es meiner Mutter schlechtginge. Meine Reise dauerte die ganze Nacht, so daß ich am hellichten Tag ankam, aber im ersten Stock brannten noch die Lichter. Als ich die Treppen hinaufstieg, begegnete ich einer Frau, die einen Korb voll aufgehäufter, blutgetränkter Laken trug. Ich fand meine Mutter auf dem Bett ausgestreckt, ihren Kopf von zwei Kissen gestützt. Sie erkannte mich nicht. Vor zwei Tagen hatte sie das Bewußtsein verloren. Hin und wieder öffnete sie die Augen, aber daß sie die Umstehenden erkennen oder auch nur sehen konnte, war reine Einbildung. An diesem Morgen kam ein Priester, um ihr die Letzte Ölung zu spenden. Und wenige Stunden später schloß ihr jemand mit der Handfläche die Augenlider.

Alles hatte sich in meiner Gegenwart abgespielt, dennoch war es, als ob ich mich an einem anderen Ort befände. Ich empfand keinen Schmerz, mich umgab eine harte Schale, meine Seele gab es nicht mehr, nur den Verstand mit einem gleichgültigen Blick für jede Kleinigkeit. Die Vernunft kennt keine Tränen. Wenn ich etwas empfand, so war es nur das Gefühl des Unbehagens angesichts der Tatsache, daß ich gezwungen war, meine Geige beiseite zu legen. In einem Moment, an dem ich nur an den erlittenen Verlust hätte denken müssen, erlebte ich dieses Ereignis als lästigen Vorfall, der mich von meiner Disziplin ablenkte. Ich war verstimmt, weil ich mich während der ganzen Begräbnisfeierlichkeiten nicht der Musik widmen konnte. Nicht einmal als die Leiche meiner Mutter schon im Totenzimmer aufgebahrt gewesen war, hatte ich der Versuchung widerstehen können, mich zu entfernen und mit dem Bogen über die Saiten meiner Geige zu streichen, um ihr wenigstens ein Flüstern zu entlocken.

Das möge genügen, um Sie erkennen zu lassen, wie verdreht mein Geist bereits war.

Meine Mutter wurde, wie sie es gewünscht hatte, in Nagyret neben ihren Eltern begraben. Die Beisetzung fand im Regen statt. Die beiden Särge wurden in die Grube hinabgelassen: zuerst der dunkle meiner Mutter und darauf der andere, winzige, weißlackierte des bei der Geburt gestorbenen Wesens, das ihr im Sterben das Leben geraubt hatte.

Alles lief vor meinen Augen mit unerhörter Schnelligkeit und Präzision ab. Jede Geste schien mir, obwohl folgerichtig, von einer unsagbaren Brutalität. Die heilige Handlung der Beerdigung schien in großer Eile vollzogen werden zu müssen. Ich hätte gesiebte Erde erwartet, schichtweise hinabgestreut, zwischen einer Grabesrede und einem Gebet, vorsichtig aufgebrachte Erde, wie bei der Saat. Mir war es unerträglich, daß statt dessen Steine und Erdschollen mit einer Härte hinabstürzten, daß es hallte, als wären es Gewehrschläge gegen eine verschlossene Tür mitten in der Nacht.

Als wir nach Budapest zurückgekehrt waren, rief mich mein Stiefvater in sein Büro. Ein kleiner schwarzgekleideter Mann war bei ihm. Es war der Notar, der die Eröffnung des Testaments meiner Mutter vornahm. Sie hinterließ mir eine Geldsumme und bat meinen Stiefvater, mich mit einer Rente bis zu meiner Volljährigkeit zu unterstützen.

Als der Notar gegangen war, versicherte mein Stiefvater, daß er den Wunsch seiner Frau erfüllen würde. Er sagte genau das: »meine Frau« und nicht »deine Mutter«, wie er früher gesagt hatte. Er fügte hinzu, er würde für meine Studien und meinen Lebensunterhalt in den nächsten fünf Jahren, bis zu meinem einundzwanzigsten Lebensjahr, mit einem für meine Bedürfnisse angemessenen jährlichen Geldbetrag sorgen. Er nannte mir auch eine Adresse in Wien, bei der ich die Summe in Empfang nehmen konnte. Er wisse, sagte er zu mir, daß mich nichts dazu veranlassen könne, in dieses Haus zurückzukehren, aber er erkläre sich bereit, mich jederzeit aufzunehmen und, wenn ich es wollte, mich in seinen Betrieb eintreten zu lassen.

»Ich weiß, daß du mich niemals als einen Vater betrachtet hast«, sagte er zu mir, »aber ich habe dich sehr gern gehabt. Und wenn ich mir auch einen Sohn von eigenem Fleisch und Blut gewünscht habe, kannst du mir deswegen nicht die Schuld an ihrem Tod geben.« Und bei diesen Worten fing er an zu weinen. Die Tränen, die auf diesem geschwollenen Gesicht trockneten, das glatt wie ein im Flußbett geschliffener Kieselstein war, weckten in mir eine dumpfe Eifersucht. Ich konnte mir nicht vorstellen, daß dieser Mann meine Mutter hatte lieben können. Und während er sich auf dem Gipfel seines Gefühlsausbruchs über den Schreibtisch beugte und sein Gesicht in den Armen vergrub, wurde an der Mauer hinter seinem Rücken der Entwurf des Werbeplakats eines neuen Produkts sichtbar: Schweinepâté. Rund um die geöffnete Dose brachte eine Familie in ihrer rosigen Fettleibigkeit, vom Großvater bis zum Kind im Kinderstuhl, die niedrigste Glückseligkeit zum Ausdruck.

Noch am selben Nachmittag fuhr ich nach Österreich. Ich kehrte an meinen Sühneort zurück, und einige Tage lang schien ich mich an nichts mehr zu erinnern. Mir gingen nur die Bilder des prächtigen Begräbniszeremoniells durch den Kopf, sie blieben aber weiterhin ohne jede Emotion, ich sah immer wieder, wie sich der Eichendeckel über das Profil meiner Mutter senkte, hörte wieder das Dröhnen der Steine auf dem Resonanzkörper ihres Sarges. Bis eines Tages die harte Schale, die mich umschloß, einen Sprung bekam und alles plötzlich seine wahre Bedeutung erhielt. Es reichte, das Futteral meines Geigenkastens zu schließen oder den Regen zu hören und zu denken, daß er die Erde durchtränkte, es reichte der Geruch bestimmter Blumen, um mir wieder jenen Tag in Erinnerung zu rufen und – eine lange Zeit lang – zunächst hin und wieder, dann immer häufiger, in mir einen unerträglichen Schmerz auszulösen.

In dieser Verfassung nahm ich meine Studien wieder auf. In diesem Jahr war ich, was mir bis dahin nie widerfahren war, mehrmals versucht, alles aufzugeben und im Betrieb meines Stiefvaters arbeiten zu gehen.

Es war das schwierigste Jahr, das Jahr, in dem der Zweifel, ob die Musik als Grund zum Leben ausreichte, immer stärker wurde. Es war das Jahr, in dem die Musik selbst, die mich in ihrer immateriellen Präsenz bis dahin getröstet hatte, mich völlig im Stich ließ. Ich entdeckte die eisige Struktur der Technik – *corpus sine spiritu* –, automatische Gesten, die Diatonik, Chromatik, Dissonanzen und Melodien hervorbrachten. Dennoch blieb jenseits all dessen eine hartnäckige Stille zurück.

Wieder unterbrach sich mein Bänkelsänger. Ich weiß nicht, was der Auslöser war, vielleicht ein Kehrfahrzeug, das die Straßen entlangfuhr und uns mit seinen kreisenden Scheinwerfern blendete, vielleicht das Zuschlagen einer Autotür und die Stimmen von irgendwelchen Leuten, die sich von Freunden verabschiedeten. Jedenfalls war der Faden seiner Gedanken gerissen, und es schien tatsächlich so, als suchte er den Faden, indem er angestrengt seine Taschen durchwühlte. Schließlich zog er den Flachmann heraus, kippte den letzten Schluck hinunter und sah mich merkwürdig an. Es gibt stets den Augenblick mitten in der Rezitation, in dem sich ein Schauspieler nach innen kehrt, oder es kommt vor, daß einer, der eine Geschichte erzählt, plötzlich verstummt und dir schweigend in die Augen starrt. Er sah mich jetzt gerade so an, als wäre er eben aus einem Traum erwacht. Vielleicht versuchte er sich zu erinnern, wer er war und was er hier machte, hier zu dieser Nachtstunde, mir gegenübersitzend. Ich befürchtete, daß er gehen wollte, aber er sagte nichts,

jedes Zeichen, jedes Wort wäre fehl am Platze gewesen. Eine Weile schien er meinen Gesichtsausdruck zu prüfen, um eine Spur von Ungläubigkeit zu finden. Ich mußte die Prüfung bestanden haben, denn plötzlich sah ich ihn lächeln. Es war das erste Mal, daß sich dieses Gesicht zu einem wenn auch bitteren Lächeln und nicht zu seinem üblichen unverschämten Grinsen öffnete.
Und fast *sotto voce* nahm Varga seine Erzählung wieder auf.
In jenem Jahr lernte ich auch Kuno, meinen ersten Freund, kennen. Mir schien, als wäre er an diesen Ort herabgestiegen, um mir auf dem letzten und schwierigsten Stück beizustehen ... Wie Sie sich bereits gedacht haben, war es in diesem Klima der Unehrlichkeit und Denunziation selten, wenn nicht unmöglich, daß sich eine Freundschaft entwickelte, auch weil jede Beziehung vom Verdacht der Homosexualität vergiftet wurde. Und die natürlichen Sympathien, die zwischen den Schülern keimten, wurden von den Lehrern systematisch bekämpft; sie erkalteten auf jeden Fall, wenn der Augenblick gekommen war, in dem das Kammerorchester für das Abschlußkonzert mit einem angesehenen Solisten zusammengestellt wurde. Es war in der Tat die einzige Möglichkeit, einen berühmten Musiker näher kennenzulernen und sich vor seinen Augen ins rechte Licht zu setzen, um eines Tages davon profitieren zu können. Jeder Student strebte nach Beendigung des Studiums nämlich danach, Privatschüler eines großen

Violinisten zu werden. Und die großen Musiker sind bekanntlich nur bereit, den zu unterrichten, der bereits ein Meister ist. Das Abschlußkonzert wurde deshalb, wenn auch auf indirekte Weise, ein regelrechter Vortrag. Für das Kammerorchester waren nur vierzehn Geiger vorgesehen. Die Plätze waren begrenzt, und alle wetteiferten um die Aufnahme. Schon zur Halbzeit des Kurses wurde eine so spannungsgeladene Atmosphäre geschaffen, daß viele Schüler es sogar vermieden, miteinander zu sprechen.

Selbstverständlich war in einer solchen Umgebung jede Zuneigung auf die Übereinstimmung in der Kunst beschränkt. Die Gründe, die zuweilen zwei Jungen veranlaßten, gut miteinander auszukommen, waren rein musikalischer Natur. Die Sprache war die Musik. Jede Unterhaltung handelte von der Musik. Alles war Musik im Collegium. Aber die Musik konnte ebenso tief verbinden wie sie tief trennen konnte. Das Zusammentreffen mit Kuno war stärker als jeder Widerspruch. Und es geschah auf eine wirklich merkwürdige Weise. Im allgemeinen schwirrten die Gesichter, die Stimmen und die Namen all deiner Mitschüler um dich herum, verrauchten im Vergessen, vermischten sich in einem Maße, daß du erst nach vielen Monaten die Existenz eines Jungen bemerktest, den du jeden Tag vor Augen gehabt hattest. Doch erst, wenn du diesen »Unbekannten« spielen hörtest, bekam er ein deutliches Gesicht. So geschah es auch zwischen Kuno und mir. Seine Anwesenheit offenbarte sich mir eines Tages zum ersten

Mal während der morgendlichen Übungen. In diesen zwei Stunden durften wir spielen, was wir am liebsten mochten, und jeder versuchte sich bei diesem Lärm auf seine eigenen Noten zu konzentrieren, ohne von denen der Mitschüler überschüttet zu werden. An diesem Tag hatte ich mich, müde, gereizt aufgrund der Stille, die seit zu langer Zeit in mir war, mit Macht auf die Musik gestürzt, wie einer, der, nachdem er vergeblich an eine Tür geklopft hat, sich verzweifelt entschließt, sie mit der Schulter aufzustoßen. Ich hatte mich voller Eifer an ein *Capriccio* von Paganini gemacht, das ich auswendig konnte, und mein Ungestüm, mit dem ich das Stück in Angriff nahm, war so groß, daß ich nach kurzer Zeit das Gefühl hatte, allein zu sein. Ich hörte nichts mehr um mich herum, aller Lärm war plötzlich weg, ich war der einzige, der spielte. Mir schien sogar, als spiegelten sich meine Töne in einem fernen Echo wider. Bald darauf merkte ich, daß es keine Einbildung war und alle anderen tatsächlich aufgehört hatten zu spielen, um mir, oder besser gesagt, uns zuzuhören. Ja, denn in einer der anliegenden Zellen spielte jemand unisono dasselbe Stück wie ich. Und als ich, etwas überrascht von der tiefen Stille um mich herum, aufhörte, verklang dieses Echo nicht sofort, sondern setzte sich noch einige Takte fort. Dann herrschte fast totale Stille. Irgendeiner lauschte, um zu hören, ob sein Zeichen empfangen worden war. Ich spielte an der Stelle weiter, an der ich aufgehört hatte. Das war meine Antwort. Siehe da, sofort wurden meine Töne wiederholt, antworteten

mir auf gleiche Weise. Aber nur ganz kurz. Der Aufseher ging schon die Gänge entlang, stieß mit dem Stock wütend an die Zellentüren und befahl weiterzuüben. Und nach wenigen Sekunden erhob sich erneut der Lärm der Streichinstrumente.
Dies war nur ein erstes Signal, das jedoch nicht ausreichte, uns zu erkennen zu geben. Wir waren nur zwei Stimmen, die sich suchten. Aber wenige Tage später hörte ich, als ich den Korridor zum üblichen Nachmittagsunterricht entlanglief, hinter einer Tür einen Schüler, der ungestüm zu den Schlägen eines auf höchste Geschwindigkeit eingestellten Metronoms übte. Ich öffnete diese Tür ohne zu zögern und ohne an die verheerenden Folgen auch nur zu denken, die mein Eindringen hätte haben können. Glücklicherweise war der Junge allein. Er merkte meine Anwesenheit nicht und spielte weiter.
Einen Augenblick lang meinte ich zu erstarren. Dieser Junge ähnelte mir, er war sicher genauso alt wie ich, hatte den gleichen Körperbau, die gleichen Hände, hatte aber vor allem jenen verzückten Ausdruck, von dem ich glaubte, er sei in mein Gesicht geschrieben, wenn ich spielte. Ich glaubte, mich selbst zu sehen, als sei dieser Raum eine große spiegelnde Fläche, die mein eigenes Bild zurückwarf. Ich erkannte in ihm die komplementäre Ergänzung, das Double aus reiner Emotion, den verkannten Souffleur, der hin und wieder seine eigenen Rechte gegenüber der bleichen Maske, die sich auf der Bühne bewegt, einfordert. Ich sah mich

also selbst und das Leben, das ich an meine Geige gekreuzigt führte. Und in diesem Augenblick verstand ich die ganze obsessive und besitzergreifende Kraft der Musik.

Aber die Halluzination verschwand beinahe sofort. Der Junge hatte mich bemerkt, hörte auf zu spielen und drehte sich zu mir um. Er schien aber überhaupt nicht überrascht zu sein, lächelte mir sogar zu, trat näher und reichte mir die Hand. Erst in diesem Moment stellte ich fest, daß er mir ganz und gar nicht ähnelte. »Kuno«, sagte er, »Kuno Blau. Du warst es also, der ... geglänzt hat.«

»Und du nicht weniger.«

Er schob mich mit Bestimmtheit in den Korridor hinaus. »Geh jetzt, bevor dich mein Lehrer erwischt.« Er machte eine kurze Pause, bevor er die Tür wieder schloß, und drehte sich lächelnd zu mir um. »Mir schien es wie der Gesang der Sirenen inmitten eines Sturms.« Er zwinkerte mir zu, versetzte der Tür einen Stoß und gab mir gerade noch die Zeit, mich zu entfernen, ohne von dem Lehrer gesehen zu werden, der in diesem Augenblick herannahte.

Kuno war in Hofstain in Tirol geboren und hatte am Konservatorium in Innsbruck studiert, aber seine Eltern wollten, daß er sein Examen am Collegium Musicum ablegte, wo ihm nicht erspart blieb, eine schwierige Aufnahmeprüfung zu bestehen und sich zum Besuch der letzten zwei Jahre zu verpflichten. Seine Eltern waren wohlhabende Adlige – der Vater war Bankier –, aber er genoß deshalb keine Privilegien gegenüber den anderen, sondern verhielt sich im Gegenteil so, als befände er sich im ersten Kurs. Er unterschied sich jedoch durch seine zur Schau gestellte Sicherheit und ein bißchen Arroganz, durchaus auch gegenüber den Lehrern. Mir gefiel an ihm ebenfalls die Tatsache, daß er, gestärkt durch diese Haltung der Überlegenheit, sich sogar für die Verteidigung der Schwächsten einsetzte, eine einmalige Sache am Collegium.

Ich erinnere mich, daß wir eines Tages den Proben zu einem Concerto Grosso von Händel beiwohnten. Den älteren Schülern war es tatsächlich gestattet, am Unterricht der jüngsten teilzunehmen. In diesem Musikensemble war ein Junge aus dem vierten Geigenjahr, der von seinen Mitschülern wegen seines ausgemergelten Gesichts und seiner feuerroten Ohren, die von der Blässe seines Gesichts abstachen, aufs Korn genommen wurde. Bei der Wiederaufnahme der Proben nach einer kurzen Unterbrechung begann die Geige des Jungen merkwürdige Töne von sich zu geben. Es war nicht ganz klar, was die anderen gemacht hatten, aber einer der üblichen Scherze bestand darin, die Geige unbenutzbar zu machen, indem man Seife auf die Saiten schmierte. Der Junge versuchte vergeblich zu spielen. Seine Mitschüler kicherten bereits, oder besser gesagt, preßten die Kiefer aufeinander, um nicht lachen zu müssen. Doch bevor der Lehrer reagieren konnte, erhob Kuno sich von seinem Platz und ging zu dem Unglückseligen, der schon fast in Tränen ausbrach, gab ihm seine eigene kostbare Geige, damit dieser die Probe beenden konnte. Es war eine unerwartete und verwirrende Geste. Von diesem Tag an wagte niemand mehr, dem Jungen mit den roten Ohren einen Streich zu spielen.

Kuno und ich waren die Besten in unserem Kurs und vermutlich auch der ganzen Schule. Zu Beginn fühlten wir uns aus gegenseitiger Bewunderung zueinander hingezogen. Zwar konnten wir nur wenig Zeit zusammen verbringen, doch gab es zwischen uns Blicke des Einverständnisses und der Komplizenschaft. Wir waren nunmehr Privilegierte. Wir hatten alle Prüfungen bestanden, alle Hindernisse überwunden, obwohl wir uns an anderen Orten befunden hatten. Jetzt blickten wir zuversichtlich in die Zukunft, mit einem Gefühl der Überlegenheit gegenüber all den anderen, die sich noch in den unteren Höllenkreisen herumschlugen. Wir wurden respektiert und bewundert. Selbst der Neid und der Boykott der Lehrer hatten sich in ein widerliches Wohlwollen verwandelt, das manchmal bis zur Unerträglichkeit plump war. In der Pausenstunde gingen wir zusammen über den Hof, während alle anderen uns beobachteten. Und natürlich verbargen wir nichts voreinander. Ich hatte ihm mein ganzes Leben bis in die kleinsten Kleinigkeiten erzählt, sogar die Liebe zu Sophie. Aber Kunos Welt war ganz anders als meine. Wenn meine leer war, so quoll seine über von Dingen, Personen, Erinnerungen. Hinter mir hingegen war nichts: nicht einmal mein Vater. Das ließ mich

manchmal ein Gefühl des Neides verspüren, das sehr häufig die Bewunderung überlagerte.
Für die Aufführung am Ende des Jahres wurden wir zwei ausgewählt, um die beiden Geigen in Mozarts Dissonanzen-Quartett mit dem großen Piatgorskij am Violoncello zu spielen. Und einige Tage darauf gab es beim »auf Wiedersehen im Herbst« Hoffnung auf eine Freundschaft.

In diesem Jahr verließ ich zum ersten Mal das Collegium, ohne einen Ort zu haben, an den ich gehen konnte. Die Freiheit verursachte mir Schwindel. Allein beim Gedanken, im Herbst wieder in die Mauern dieses Gefängnisses zurückkehren zu müssen, wurde mir übel, aber zugleich wußte ich, daß es meine einzige Zuflucht war. Draußen war die Welt, die die Einsamkeit noch größer und die Freiheit noch öder werden ließ.
In Wien waren im Mezzanin eines Backsteingebäudes auf der Wienzeile die Büros und die Lager der neuen Filiale der von meinem Stiefvater gegründeten Firma. Sein *Pâté* eroberte gerade den österreichischen und deutschen Markt, und die fettleibige Familie auf dem Werbeplakat lächelte glücklich von allen Mauern der Stadt mit dem Slogan SCHMECKT GUT?
Der Filialleiter, Peter Grenze, war von meinem Stiefvater beauftragt worden, die für meinen Lebensunterhalt notwendige Summe an mich auszuzahlen und mir im Notfall zu helfen. Er gab mir auch noch einige Adressen von Zimmervermietern oder von billigen Pensio-

nen für Studenten. Als er meine Unentschlossenheit sah, bot er mir in der Schulerstraße eine komfortable Mansarde an, die ihm gehörte, wo ich auch nachts spielen könnte, ohne jemanden zu stören, und die auch, so fügte er hinzu, nur wenige Schritte von dem Haus entfernt sei, in dem Mozart gewohnt hatte. Natürlich nahm ich sein Angebot an. So fand ich eine Zufluchtsstätte. Meine Dachluke ging auf einen Hof, in dem ein Steinmetz arbeitete. Auf dem Boden lagen verstreut Marmorblöcke und Steinengel. Und aus den Fenstern unter mir hörte ich manchmal gegen Abend den Klang eines Klaviers und die leidenschaftliche Stimme eines Baritons.

Vier Stunden am Tag übte ich Geige, dann ging ich hinaus und machte lange Spaziergänge, bis ich an das Ufer der Donau kam und mich auf den Rasen in die Sonne legte, um die Lastkähne zu beobachten, die stromaufwärts und -abwärts fuhren. Ich aß in der Konditorei oder machte an irgendeinem Kiosk halt. Ich führte das Leben eines Bohemiens, und manchmal war ich, auch wenn ich allein war, glücklich.

Natürlich hatte ich Sophie Hirschbaum nicht vergessen. In den am Collegium Musicum verbrachten vier Jahren hatte ich aus der Ferne die Geschehnisse in den Zeitungen verfolgt, die heimlich zirkulierten. Sophie Hirschbaum war Wienerin, und die österreichische Presse schrieb häufig über sie. Ich hatte die Nachrichten und Daten geordnet und konnte einen, wenn auch unvollständigen, Überblick über ihre Ortswechsel erstellen. Nach dem dramatischen Abenteuer am Plattensee hatte Sophie ihre Konzerttätigkeit mit neu entbranntem Eifer wiederaufgenommen. In den letzten zwei Jahren hatte sie sie etwas eingeschränkt. Vielleicht war sie aus einem allzu einengenden Vertrag ausgestiegen, jetzt wechselte sie die Konzerttätigkeit mit dem Studium und der Lehrtätigkeit ab. Man kann sich meine Erregung vorstellen, als ich in einer Zeitung las, daß sie im folgenden Jahr in Wien Seminare für eine begrenzte Anzahl von jungen Diplomanden abhalten würde. Mir fehlte genau ein Jahr bis zum Abschluß meines Studiums. Und inzwischen, dachte ich mir, würde ich ihr schreiben können und ihr meinen Wunsch, sie zu treffen, mitteilen. Ich war außer mir bei dem Gedanken, daß das Schicksal unsere Wege zusammenführen könnte, genauso wie ich es immer vorhergesehen hatte. Die Zeitung gab jedoch weder den Ort noch das Datum dieser Seminare an. Nicht einmal am Konservatorium konnte man mir etwas Genaueres sagen. Als ich nicht aufgab und wissen wollte, wie ich ihr einen Brief zukommen lassen könnte, gaben sie mir eine Adresse in Wien, ihrer Behauptung nach die einzige, die sie hatten: Bürgerstraße 19. In dieser eher abgelegenen und ruhigen Straße drehte ich regelmäßig meine Runden. Ich ging, meine Geige unterm Arm, stundenlang auf und ab und hatte den Eindruck, daß die wenigen Leute, die ich traf, den Grund ahnten, aus dem ich in dieser Gegend herumlief. Hatte ich das Haus Nr. 19 am ersten Tag nur von weitem verstohlen

gemustert, wobei ich immer auf der anderen Straßenseite vorüberging, so blieb ich nun am dritten Tag direkt am Eingang stehen und las die Namen der Bewohner auf den Schildern, aber Sophie Hirschbaum suchte ich vergeblich. Ich las sie immer wieder, aber diesen Namen gab es nicht.
»Wen suchen Sie?«
Es war ein weißhaariger, blasser Mann, der mich aufgeschreckt hatte, der hinter mich getreten war, ohne daß ich es bemerkt hatte. Offensichtlich wohnte er in diesem Haus und war gerade dabei, den Schlüssel in die Eingangstür zu stecken. Doch er beschloß, es nicht zu tun, musterte mich weiter und betrachtete mit einem gewissen Interesse den Geigenkasten, den ich in der Hand hielt. Ich hatte nichts zu befürchten, im Grunde suchte ich eine Person, die legitimste Sache auf dieser Welt. Dennoch haben die Verliebten wie die Diebe immer etwas zu verbergen. So zog ich bei seiner Frage einen Zettel aus der Tasche, auf dem die Adresse geschrieben war, und schwenkte ihn, als sei er ein Geleitbrief, fing an, etwas von einem Seminar über musikalische Studien zu stammeln, das in Wien unter der Leitung von Sophie Hirschbaum abgehalten werden sollte. Der Alte hatte sich endlich entschlossen, den Schlüssel in das Schloß zu stecken, öffnete die Tür und bedeutete mir einzutreten. Zuerst zögerte ich, dann folgte ich ihm einen Gang entlang und die Treppen hinauf bis zu einer Wohnungstür im ersten Stock, auf der ein etwas angelaufenes ovales Messingschild mit der

Aufschrift Prof. Albert Ganz angebracht war. Der Mann keuchte, nachdem er zwei Treppen zurückgelegt hatte, sein sehr blasser Teint hatte sich auf den Wangen ein wenig aufgefrischt. Er hatte den ganzen Weg lang noch kein einziges Wort gesagt, und ich fragte mich, warum ich ihm bis hierher gefolgt war. Jetzt hantierte er, immer noch schweigend, mit einem Schlüsselbund herum, um dieses zweite Schloß zu öffnen, ein Unterfangen, das noch schwieriger zu sein schien als das erste. In diesem Augenblick entschloß ich mich, ihn zu fragen, ob er in irgendeiner Weise etwas mit Sophie Hirschbaum und ihrem Studienprogramm zu tun hätte. Er sah mich mit einem zugleich gutmütigen und schlauen Lächeln an und machte, so meinte ich wenigstens, ein kaum merkliches Zeichen der Zustimmung. Inzwischen hatte sich die Tür auf einen im Halbdunkel liegenden nackten Korridor geöffnet, in dem ein auffälliger vergoldeter Metallschirmständer und hier und dort ein Schildblumentopf standen. Mit einem weiteren Zeichen wurde ich zum Eintreten eingeladen. Ich folgte dem Alten zu einer offenen Tür am Ende des Korridors, die die einzige Lichtquelle zu sein schien. Hinter der Tür kam ich zu meiner Erleichterung in ein großes, helles Wohnzimmer. Bei unserem Eintreten fing ein Kanarienvogel in seinem Käfig eindringlich zu singen an, darauf sprach der Mann mit sanfter Stimme zu ihm, als meinte er, einen Vorwurf erhalten zu haben, wechselte das Wasser in der Schale, füllte frische Hirse in den winzigen Freßnapf und erging sich in weiteren

Entschuldigungen dafür, daß er so lange weggeblieben sei. Es war nicht schwer zu sehen, daß der Mann vermutlich seit allzu vielen Jahren allein lebte.

Ich war lange Zeit an der Tür stehengeblieben und betrachtete amüsiert diese Fürsorge, aber als er dann durch eine andere Tür verschwand, fühlte ich mich etwas unbehaglich. Im ersten Augenblick fürchtete ich sogar, er hätte mich vergessen. Nach wenigen Minuten kehrte er jedoch mit zwei dicken, in Leder gebundenen Foliobänden zurück, die er auf den Tisch legte. Er sah mich einen Augenblick erstaunt an, weil ich noch auf der Schwelle stand. »Aber was stehen Sie da noch? Treten Sie ein, junger Mann, setzen Sie sich.« Ich mied die Sessel und wählte einen Stuhl mit gerader Lehne. Ich fragte mich immer noch, was ich an diesem Ort machte. Dann sah ich etwas, das mir Mut einflößte. In einem anderen angrenzenden Zimmer, das ebenso groß war wie das, in dem wir uns befanden, sah ich einen Flügel. Ich befand mich also in einem Hause, in dem Musik gemacht wurde. Sicher, in den Wiener Häusern fehlte es nicht an Klavieren, aber einige verloren mit der Zeit ihre Bestimmung und wurden dazu degradiert, die Rolle kostbarer, aber unnützer Möbel zu übernehmen. Dieser Flügel hatte jedoch eine Partitur auf dem Ständer und war aufgeklappt: ein Zeichen, daß erst kürzlich auf ihm gespielt worden war. Inzwischen suchte der Mann fortwährend etwas, öffnete Schränke und Schubladen, schnaubte geräuschvoll und fluchte zwischen den Zähnen hindurch. Schließlich hatte er seine Brille gefunden, nahm einen der Bände in die Hand, die er aus dem anderen Zimmer geholt hatte, und setzte sich direkt mir gegenüber in einen Sessel.

Er schaute mich lange an, bevor er sprach. Er schien zu überlegen, ob es angebracht wäre, mir vertrauliche Mitteilungen zu machen.
»Kennen Sie Sophie?« fragte er mich. Ich bejahte und errötete leicht.
»Einst wurde in diesem Haus Musik gemacht. Aber seit meine Frau tot ist und meine einzige Tochter als Solistin fortgegangen ist, lebe ich nur noch von Erinnerungen.« Und dann fügte er hinzu, als er mein Erstaunen sah: »Ja, meine Tochter Sophie wollte den Nachnamen ihrer Mutter tragen, weil sie ihn geeigneter für ihre Karriere hielt.«
Daraufhin reichte er mir einen der beiden Bände, ein Fotoalbum, das ich zunächst neugierig, dann voller Interesse und Ergriffenheit durchblätterte. Es enthielt Sophies ganzes Leben. Ich blätterte die Seiten sehr langsam um, betrachtete die Fotos, überflog die Artikel, die ihr Vater gesammelt und aufbewahrt hatte. Vier Jahre waren seit unserem ersten Treffen vergangen, aber auch auf den jüngsten Bildern hatte Sophie sich überhaupt nicht verändert. Sie hatte noch immer das zarte Gesicht einer blassen, gelangweilten Heranwachsenden. Mich hatte besonders ein Foto beeindruckt, das sie aufrecht mit ihrer Geige in der hieratischen Hal-

tung einer ägyptischen Gottheit zeigte. Ich gestehe, daß ich versucht war, es zu stehlen.

Schließlich fragte mich Professor Ganz – es war schon am späten Nachmittag –, ob es mir gefallen würde, zusammen mit ihm etwas zu spielen. Wir gingen in das Zimmer mit dem Flügel. Die Wände waren voller Plakate und Programme von allen Theatern Europas, in denen Sophie Konzerte gegeben hatte. Nachdem der Professor überall, auch in auf dem Boden verstreuten Haufen von Partituren gestöbert hatte, fand er, was er gesucht hatte. Es waren die Sonaten für Violine und Klavier von Beethoven. Wir entschieden uns, die *Frühlingssonate* zu spielen, die nach seiner Behauptung Sophies liebste war (und von diesem Augenblick sollte es auch meine sein). Nachdem er den Takt vorgegeben hatte, begannen wir, das Allegro zu spielen, und Professor Albert Ganz schien sich von dem schwachen Mann, der aussah, als ob er nichts fertigbringen würde, in einen schwungvollen Jüngling zu verwandeln. Er hatte einen Anschlag und ein Können, die ich nie vermutet hätte. Es war, als hätten wir schon immer zusammen gespielt. Jede Pause und jeder Einsatz kamen genau, die Übereinstimmung war perfekt, das sah ich an seinem Lächeln, an seinen Blicken, die er mir zuwarf, am Wiegen seines Kopfes, den er manchmal hinunter bis fast auf die Tasten senkte. Vielleicht spürte er noch, wenn er die Augen schloß, die Gegenwart seiner Frau und Sophies neben sich. Aber am Ende des Adagios *molto espressivo* erhob er sich hüstelnd, sagte, er sei müde und daß wir ein anderes Mal spielen würden, wenn ich zu ihm käme. Ich packte meine Geige ein, ließ mich zur Tür bringen und sah erst jetzt, daß seine Augen glänzten.

Ich kam mehrmals in dieses Haus zurück, und bevor ich zum Collegium abreiste, hinterließ ich Professor Ganz einen Brief für Sophie und bat ihn, gegebenenfalls eine Antwort an den Betrieb meines Stiefvaters zu schicken, zu Händen des Leiters, Herrn Grenze. Aber auf der Zugfahrt begannen mich Zweifel zu quälen. Ein Brief ist am schwersten zu widerrufen, und ich ließ mir alles durch den Kopf gehen, was ich geschrieben hatte. Hatte ich mir nicht zuviel herausgenommen? Mein Wunsch, sie wiederzusehen, um mich unter ihrer Anleitung perfektionieren zu können, klang leidenschaftlich wie eine Liebeserklärung. Hatte ich außerdem gut daran getan, sie an unser Treffen in einem Augenblick ihrer Vergangenheit zu erinnern, den sie sicher auszulöschen wünschte? Wenn sie hingegen diese Episode tatsächlich aus ihrem Gedächtnis gelöscht hatte, konnte sie sich auch nicht an mich erinnern, und mein Brief würde ihr wie das leere Gerede eines Schwärmers vorkommen.

Ich kehrte also ins Collegium zurück. Nur noch ein Jahr lag vor mir.
Aber wenn eine lange Reise zu Ende geht und wir schon den Ort vor uns sehen, den wir angesteuert haben, erweist sich dieses letzte kurze, sehr kurze Stück

im Vergleich zu dem bereits zurückgelegten Weg als das schwerste, der Abstand scheint größer zu werden, das Ziel entfernt sich, bis es wie eine Fata Morgana verschwindet. Aber die Anwesenheit von Kuno war ein Trost für mich. Unsere Freundschaft festigte sich in diesem Jahr und überwand alle Feindseligkeiten. Wir waren die Besten, wir waren ein Beispiel, wir waren dicht davor, in die Welt hinauszugehen und der Welt die Größe des Collegium Musicum zu beweisen. Aber Neid verschwindet nicht. Irgendeiner fragte sich, wer von uns beiden der bessere wäre, aber auch wenn er versuchte, Zwietracht zu säen, wir hätten diese Frage sicher niemals gestellt. War es vielleicht möglich, daß der Weg zur Perfektion zum Wettstreit entartete? War es denkbar, daß die Göttin der Musik sich entschloß, einen von uns zurückzustoßen? Wir empfanden uns als gleichwertig. Wir liefen auf demselben engen Pfad, der uns vereinte, und schritten im Licht einer einzigen Lampe voran. Wenn es am Ende dieses Pfades eine Tür gegeben hätte, die dazu bestimmt war, sich nur einem von uns zu öffnen, wäre vermutlich keiner von uns beiden eingetreten. Jeder hätte mit allen Mitteln versucht, den anderen über die Schwelle zu stoßen, und wir wären dann beide draußen geblieben. Das war das Gefühl, das uns vereinte. Wer hätte glauben mögen, daß zwischen uns eine Rivalität entstehen könnte? Wir waren wie Brüder, nicht vom selben Fleisch und Blut, aber in dem Geiste, in dem die Ordnung, der Rhythmus und die Harmonie zu Hause sind. Ich konnte jedoch noch nicht wissen, daß der Geist sich verfinstern kann.

Die Zusammenstellung des Orchesters für die Jahresabschlußfeier sah vor, daß nur einer der Schüler mit Abschluß den Part der ersten Geige spielte. Oder besser gesagt, dieser Part würde sicher Kuno oder mir zufallen. Aber es würde keinen Kampf darum geben, weil ich ihm gern meinen Posten abtreten wollte. Es war von mir aus keine Bescheidenheit, allenfalls größter Ehrgeiz. Ich konnte es mir auch erlauben, keine Anstrengung zu unternehmen, mein Können zu beweisen.

Aber als mitten im Kurs die Nachricht verbreitet wurde, daß das Konzert in Wien stattfinden und vom österreichischen Staatsrundfunk übertragen werden sollte und die Solistin Sophie Hirschbaum sein würde, mußte ich mich bezüglich meines altruistischen Gefühls eines Bessern besinnen. In diesem Konzert konnte nur ich die erste Geige spielen, denn ich stand Sophie am nächsten. Denn so hatte das Schicksal es sicher gewollt.

Die Versuchungen des Lebens haben den Zweck, die Festigkeit unseres Charakters auf die Probe zu stellen. Ihnen dennoch nachzugeben, kann eine prekäre und quälende Befriedigung hervorbringen. Aber die schlimmsten Versuchungen sind jene, denen man nachgibt, ohne etwas dafür zu bekommen, und bei denen man nur die bittere Erfahrung der eigenen Schwäche macht. In Wirklichkeit geschah nichts von alldem. Das Programm wurde völlig unvorhergesehen gestrichen.

Unser Direktor, der Veranstalter, wurde überraschend »aus Gesundheitsgründen« abgesetzt, und in den Mauern des Collegiums begannen merkwürdige Gestalten herumzulaufen, die mit dem Unterricht wenig oder gar nichts zu tun hatten. Wir alle, einschließlich der Lehrer, betrachteten sie voller Argwohn und Angst. Die Neuankömmlinge hatten eine Art »Kontrollkommission« für die Schule eingerichtet und hatten sich in einem Raum im ersten Stock verbarrikadiert, aber es war nicht klar, was sie dort machten. Sicher war einzig, daß in diesem Raum endlose Verhöre stattfanden. Viele von denen, die die Schwelle überschritten, verschwanden nach wenigen Tagen, ohne eine Spur zu hinterlassen. Ihr Name wurde beim morgendlichen Appell nicht mehr erwähnt und aus den Klassenbüchern gestrichen. Zurück blieb eine leere Zelle mit einer zusammengerollten Matratze auf dem Klappbett. Alles spielte sich mit einer derartigen Schnelligkeit und Entschlossenheit ab, daß wir uns am Ende fragten, ob sie wirklich am Collegium Musicum gewesen waren, jener Rosenbaum oder Goldmayer oder Horowitz, mit dem wir den Raum, das Essen, das Wissen geteilt hatten. Aber es war besser, so zu tun, als wäre nichts gewesen, oder besser noch, sich zu überzeugen, daß es sie niemals gegeben hatte.

Die »Kommission« hatte überall freien Zutritt, sie konnte in die Zellen eintreten, hatte Zugang zu den persönlichen Gegenständen der Schüler und Lehrer, konnte die ankommende und abgehende Post öffnen.

Ihre Macht schien unbegrenzt. Irgendeiner sagte, daß diese ganze Geschichte etwas mit der Gründung einer österreichischen Jugendphilharmonie zu tun hätte und die Männer der »Kommission« beauftragt wären, sie zu bilden, indem sie aus den verschiedenen Schulen die besten Schüler auswählten, nicht nur auf der Grundlage des musikalischen Wissens, so hörte man flüstern, sondern auch der politischen und religiösen Gesinnung. Tatsache war auf jeden Fall, daß das Wiener Konzert nicht stattfand. Und so fiel wieder einmal das so sehr ersehnte Treffen mit Sophie Hirschbaum ins Wasser. Das Jahr ging wie alle anderen zu Ende. Sogar noch schlimmer. Es gab keines der mittlerweile traditionellen Seminare mit großen Violinisten. Nicht einmal das Abschlußkonzert fand statt. Wir mußten uns lange Reden über die Musik und den Patriotismus anhören, über die Rolle der Musik in der Gesellschaft, über die Entartung der zeitgenössischen Musik.

Ich konnte es kaum glauben, daß ich diese Mauern mit der Gewißheit verlassen durfte, niemals mehr dorthin zurückkehren zu müssen. Aber, wie es häufig geschieht, wenn wir etwas erreicht haben, das wir seit Jahren angestrebt hatten, entdeckte ich, wie sehr ich mich bereits derart an die Zwänge und die Mühe gewöhnt hatte, daß ich fast das so zäh verfolgte Ziel aus den Augen verloren hatte. Was ich erreicht hatte, schien mir bereits überholt, ich sah es schon hinter mir. Es war, als wäre ich im Zug eingeschlafen und tausend Meilen entfernt von der Station, an der ich hätte aussteigen müssen, aufgewacht.

Bevor ich das Collegium verließ, sah ich sogar meine Mitschüler und auch die Lehrer mit anderen Augen. Ich empfand nicht nur Zuneigung für sie, sondern auch ein wenig Neid. Ich mußte gehen, sie konnten bleiben. Kuno wollte um jeden Preis, daß ich ihm nach Innsbruck folgte, als Gast bei ihm zu Hause während der Ferien. Aber ich hatte einige Sachen zu erledigen, die mir am Herzen lagen. Kuno bestand darauf, ließ mich schwören, daß ich zu ihm kommen würde, wenn ich meine Angelegenheiten geregelt hätte. Ich versprach es ihm. Dann reisten wir in zwei entgegengesetzte Richtungen ab.

Nach Wien zurückgekehrt, ging ich unverzüglich zum Betrieb meines Stiefvaters, um meine kleine Rente abzuholen. Herr Grenze war nicht da. Man ließ mich in seinem Büro Platz nehmen. Ich sah mich mit einer gewissen Bestürzung um. Eine mit Tinte befleckte Schreibmaschine, dreckige Wände, abgebröckelter Putz mit Schimmelflecken entlang der Scheuerleiste, mit Schleifstaub bedeckte Scheiben an der Eingangstür, ein Fenster, das zum Lager ging ... War das also der Platz, für den ich bestimmt war? Während ich wartete, las ich immer wieder die an der Wand neben dem Schreibtisch befestigten Feuerschutzbestimmungen. Mich beeindruckte besonders der Punkt, der vorschrieb, das Gebäude im Falle eines Feuers oder einer anderen Gefahr »umgehend, aber ohne Panik« zu verlassen, und stellte mir vor, wie das vor sich gehen könnte. In diesem Augenblick zog vor meinen Augen die rosige, fettleibige Familie am Fenster vorüber, und ihre Mitglieder lächelten mir zu, als wollten sie mich einladen, mich ihnen anzuschließen. Das Plakat mit dem Pâté war jetzt auf die Seiten der Firmenlieferwagen gemalt worden.

Schließlich kam Herr Grenze. Er schien froh zu sein, mich wiederzusehen. Er gab mir, was mir zustand, und behielt eine Jahresmiete für die Mansarde ein. Es sei auch Post da, sagte er zu mir, und bei diesen Worten machte mein Herz einen unnötigen Satz. Es war nicht Sophies Antwort. Es handelte sich nur um einen Brief meines Stiefvaters, der irgendwie das Ergebnis meiner Studien erfahren haben mußte und mir dazu gratulierte. Jetzt müßte ich mein Glück allein machen. Ich wäre jung, hätte Talent, es wäre recht und billig, daß ich bis zum Äußersten ginge. Auch er wäre als Junge ein Träumer gewesen, aber schließlich hätte ihn die Härte des Lebens auf die rechte Bahn zurückgeführt. Zum Schluß sagte er, daß in seiner Firma immer ein Platz für mich sein würde.

Von dort begab ich mich zur Bürgerstraße 19, um mich davon zu überzeugen, daß meine Nachricht an Sophie weitergegeben worden war, aber eine Nachbarin sagte mir, daß Professor Ganz weggegangen sei und vermutlich nicht mehr zurückkehren würde. Er hatte alles verkauft: die Möbel, den Flügel, die Bücher.

»Und wohin ist er gegangen?«
»Er machte den Eindruck eines Menschen, der sehr weit weggeht.«
»Aber warum?«
Die Frau wiederholte: »Warum?« und breitete die Arme aus.

Ende Juli entschloß ich mich, Kunos Einladung anzunehmen, und kündigte ihm in einem Telegramm Tag und Stunde meiner Ankunft an. Doch bevor ich Wien verließ, beauftragte ich Herrn Grenze, mir die Post an diese Adresse zu schicken. Dann fuhr ich nach Innsbruck.
Ich konnte jedoch nicht ahnen, daß am Ort, dem ich entgegenfuhr, die Schattenseite meiner Vergangenheit und das Mysterium meines Lebens, oder besser gesagt, die Mystifikation meiner Existenz verborgen war.

Bei meiner Ankunft erwartete mich Kuno am Bahnhof mit einem großen Auto und Chauffeur. Letzterer, ein untersetzter Mann mit einem grauen Staubmantel und einer auf die Stirn hochgeschobenen großen Brille, nahm mir das Gepäck aus der Hand und verstaute es im Kofferraum. Am Ende einer gewundenen Strecke durch den Wald sah ich aus dem Dunkel der Tannen die Mauern von Hofstain hervorscheinen, das nicht etwa, wie ich immer geglaubt hatte, ein Dorf war, sondern ein richtiges Schloß. Als wir ankamen, ging die Sonne schon unter, die langgestreckte Fassade lag im Schatten, und die Fensterscheiben im ersten Stock spiegelten helle Streifen des Himmels wider. Der Wagen blieb vor einem riesigen, mit Metallbeschlägen geschmückten Holztor stehen. Nachdem der Chauffeur mein Gepäck ausgeladen hatte, zog er kräftig an einem aus der Mauer ragenden Griff. Ein Klingeln breitete sich im Innern aus, und nach einer Wartezeit, die mir allmählich sinnlos schien, öffnete sich die Tür, und es tauchte ein Diener auf, oder besser, ein Greis in Livrée mit schwarzen Samthosen – Kniebundhosen – und weißen Baumwollstrümpfen, die an den schmächtigen Waden schlaff herabhingen.

»Herzlich willkommen«, sagte er mit zitternder Stimme.

Wir traten ein. Das Innere lag im Halbdunkel. Nur ein Sonnenstrahl durchbohrte im Hintergrund ein bemaltes Fenster und erhellte durch Milchstraßen von Schwebestaub ein inmitten eines Haufens von Büchern und Kartenstößen aufgestelltes Astrolabium. Ein muffiger Geruch entströmte den strengen Möbeln, den Wandteppichen, der Galerie mit den Ahnenbildern. Auch Kunos Eltern schienen sich bereits für die Nachkommen in Positur gestellt zu haben. Sein Vater war ein großer Mann mit Geheimratsecken und dichtem grauen Backenbart; sein Humpeln glich er mit einem eleganten Ebenholzstock aus. Seine Mutter war eine noch junge und schöne Frau mit einem bezaubernden

Lächeln, wie ich es noch nie gesehen hatte: Sie schaffte es, daß ich mich gleich wohlfühlte, als sie sagte, alle in Hofstain hätten schon voller Ungeduld darauf gewartet, den Freund ihres Sohnes kennenzulernen. Das »alle« erstaunte mich. Wer war noch in dem Schloß? Ich sollte es bald erfahren. Es handelte sich um Kunos Tante, die Schwester seines Vaters, eine schweigsame Frau mit kräftigem Körperbau und knotigen, fast verformten Handgelenken und Händen; ich sah sie stets in Spitzenblusen, die am Hals mit einer Kamee geschlossen waren. Außerdem war da die Großmutter väterlicherseits, die alte Baronesse, die sich in einem Rollstuhl mit glänzenden Rädern zu meiner Begrüßung fahren ließ, den eine mürrisch aussehende Gouvernante schob. Als sie wenige Schritte vor mir anhielt, neigte sich ihr Kopf leicht zur Seite, mit einer merkwürdigen Gebärde, die an die Bewegungen eines Vogels erinnerte. Eine Lähmung hatte ihre Gesichtszüge entstellt, nichtsdestoweniger gefielen mir ihre höchst elegante Kleidung und das Weiß ihrer sorgfältig frisierten Haare. Nachdem Kuno mich vorgestellt hatte, erklärte er der Großmutter, daß ich bis zum Sommerende Gast im Schloß sein würde. Er sprach gestikulierend, mit lauter Stimme, wie zu einem schwerhörigen Menschen. Bei seinen Worten bemühte sich die Alte zu lächeln. »Gustav!« schrie sie, aber kurz darauf, ohne daß etwas diesen plötzlichen Wandel erahnen ließ (außer ein Augenblick erregten Erstaunens), begann sie stumm zu weinen.

Daraufhin nahm mich Kuno am Arm und zog mich fort. Wir stiegen in die oberen Stockwerke hinauf, wenig später bezog ich mein Zimmer. Die Vorhänge waren geschlossen, nur ein sanfter Schimmer drang durch die zugeklappten Fensterläden. Kuno ging zum Fenster, schob den Riegel hoch und versetzte den Läden einen Stoß, die sich mit einem dumpfen Schlag gegen die Mauer öffneten. Ein Vogelschwarm erhob sich aus dem Geäst einer Pappel, und nach einem kurzen Flug und einer scharfen Wendung kehrte er wieder zurück und bevölkerte wieder ihre Zweige. Die Perfektion und die Anmut eines Vogelflugs sind etwas Besonderes. Ich spürte in mir ein süßes Gefühl der Ruhe.

Kuno schien ungeduldig darauf zu warten, mich herumzuführen. »Du hast viel Zeit, dich auszuruhen. Aber jetzt komm, damit ich dir das Haus zeigen kann. Ich möchte nicht, daß du dich verläufst, wenn du allein bist.«

Er brachte mich in sein Zimmer. Es war als Büro bestimmt und schöner ausgestattet als meines, aber auch in einer malerischen Unordnung gelassen. Ich dachte an das unglückliche Hausmädchen, das Staub wischen mußte mit dem Gebot, auch nicht den kleinsten Gegenstand zu verrücken. Partituren und Bücher standen dichtgedrängt in den Regalen, aber auch ein Ständer mit Jagdgewehren war dort. Auf einigen Konsolen waren Silberpokale, Schilder und Medaillen schön zur Schau gestellt. Zwischen diesen Trophäen befand sich auf einem Regal inmitten von alten Büchern sogar ein

Schädel in schöner havannabrauner Farbe mit einem in eine Augenhöhle eingesetzten Lapislazuli in Form eines Skarabäus. Eine Anspielung auf die Ewigkeit, erklärte mir Kuno, als er mein Interesse bemerkte. »Es ist die menschliche Seele, die die Nacht des Todes durchquert«, sagte er ernst. Und als er meinen anteilnehmenden Ausdruck sah, brach er in Lachen aus und gestand mir, den Schädel aus dem Arbeitszimmer seines Onkels mitgenommen zu haben, der früher den Arztberuf ausgeübt hatte.

»Gehen wir, bevor es dunkel wird«, mahnte er und zeigte mir eine Tür, die sich am Ende der Treppe befand. »Da oben gibt es Räume, die seit mindestens einem Jahrhundert kein Licht mehr gesehen haben.«

Das Licht der jetzt untergehenden Sonne brach sich in den halb geschlossenen Fenstern. Der aus großen Vierecken zusammengesetzte Holzfußboden knarrte bei jedem Schritt; Staubklingen durchschnitten das Halbdunkel der Zimmer, blendeten in dickbäuchigen Vitrinen aufbewahrtes Porzellan, bleiche Zifferblätter von Wanduhren, mächtige Kachelöfen; und an keiner Wand fehlten Hirschgeweihe, Wildschweinköpfe oder Auerhähne und andere ausgestopfte Vögel, wodurch die Jagdleidenschaft von Kunos Familie bezeugt wurde. Kuno ging voraus. Bei jeder Tür, die er öffnete, fragte ich mich, wie oft er in der Vergangenheit diese Geste gemacht hatte oder diesen Weg schon gegangen war. Ich bin überzeugt, daß wir unsichtbare Spuren auf jedem Möbelstück, an jeder Wand im Haus hinterlassen, in dem wir geboren und aufgewachsen sind. Das Licht hat jahrelang unser Bild an den Stellen projiziert, an denen wir gewöhnlich stehengeblieben oder häufiger vorbeigegangen sind. Und irgend etwas von uns muß an ihnen hängengeblieben sein. Kuno ging stolz durch diese Räume, er wußte, wie tief man einen Schlüssel in das Schlüsselloch stecken mußte, wieviel Kraft man brauchte, um einen Fensterladen einzuhaken oder eine schwere Tür an den Angeln anzuheben, um sie zu öffnen, er kannte selbst das Ächzen der Bretter, über die er lief.

Nach dieser schnellen Besichtigung des Schlosses führte er mich in den Musiksaal, wo er mir die verschiedenen, im Besitz der Familie befindlichen Instrumente zeigte. Es gab eine Reihe von vollständig erhaltenen Geigen, darunter eine Stainer, zwei Alban und eine Viola von Klinger. Es gab auch ein holländisches Clavicembalo (das Instrument, auf dem seine Mutter noch spielte), ein Violoncello von Guadagnini und etliche, in Futterale verschlossene Flöten aus Elfenbein und Buchsbaum. Natürlich kannte ich nicht alle diese Namen. Nur über Stainer wußte ich etwas, weil Kuno mir beim ersten Mal, als sein Blick auf meine Geige gefallen war, von ihm schon etwas erzählt hatte. Mit großem Interesse hatte er sie betrachtet und mir erklärt, sie wäre von einem Hersteller von Saiteninstrumenten gebaut worden, der in Absam geboren war und dort gelebt hatte, einem Dorf nicht weit von Innsbruck.

»Auch mein Vater hat Geige gespielt«, sagte er. »Bevor er bei der Explosion einer Granate verletzt wurde.«

Dann ging er zu einer Schublade, öffnete einen Schrein und zog einen Geigenbogen heraus. »Nimm ihn«, sagte er, »ich möchte dir etwas schenken.«

Zuerst lehnte ich ab. Es handelte sich nämlich um einen wertvollen Bogen. Aber er bestand darauf, daß ich ihn nahm.

Dann führte er mich in mein Zimmer zurück und gab mir Hinweise und Ratschläge für das Leben im Schloß. Vor allem stünde es mir frei, aufzustehen, wann ich wollte – er selbst käme niemals vor Mittag herunter –, und wenn ich Hunger hätte, bräuchte ich nur in die Küche zu gehen oder das Hausmädchen zu rufen. Wenn ich morgens früh aufstünde, könnte ich hinausgehen, einen Spaziergang machen und auch Geige spielen. In der Nacht hingegen würde ich gut daran tun, mich in mein Zimmer einzuschließen und keine Angst zu haben, wenn ich die Großmutter schreien hörte.

»Heute abend«, sagte er, »bringe ich dir etwas zu essen auf das Zimmer, aber schon von morgen an darfst du auf keinen Fall das Abendessen um sieben verpassen: das ist die einzige Zusammenkunft, bei der keine Verspätung geduldet wird.«

Schließlich ließ er mich allein. Kurz darauf klopfte ein Mädchen an die Tür und brachte ein Tablett mit Brot, kaltem Fleisch und einer Flasche Wasser. Ich aß ein wenig, und nachdem ich meine Koffer ausgepackt hatte, zog ich meine Geige aus dem Kasten, um einige Noten mit dem Bogen zu probieren, der mir gerade geschenkt worden war; aber ich hörte sofort auf, weil mir schien, als breitete sich der Klang im ganzen Schloß aus. Ich legte mich auf das Bett und betrachtete die hohe Decke, die im Gegensatz zu dem beengten Raum in den Zellen unseres Collegiums wie ein weiter Himmel erschien. Ob ich in diesem weiten Raum Schlaf finden konnte? Während ich so auf dem Bett lag und um mich schaute, bemerkte ich an der Wand über der Kommode die Spuren eines eben erst abgenommen Bildes, ein gespenstisches Nichtdasein, eine Fläche, die in der kurzen Zeit nicht ausgefüllt werden konnte und von der nicht nur ein deutlich erkennbarer Umriß blieb, sondern darunter, auf der Ablage, war die Anordnung einiger Schmuckgegenstände, Vasen und Obstschalen völlig intakt geblieben, sie schienen sich dieser Leere in einer sinnlosen Umarmung entgegenzustrecken. Aber vielleicht war es nur ein Spiegel, dachte ich, und während ich noch immer dieses bleiche Bild anstarrte, schlief ich mit einem Gefühl der Befriedigung ein, als sei ich von einer langen Reise nach Hause zurückgekehrt.

Am nächsten Morgen fand ich dieses beruhigende Gefühl der Zugehörigkeit unverändert, das noch viele Tage anhielt. In dem mit Türmen bewehrten Schloß Hofstain fühlte ich mich zu Hause. Es war ein Gefühl, das mich geheimnisvollerweise einige Tage begleitete. Und das geheimnisvollerweise verschwand.
Da ich an die Disziplin des Collegiums gewöhnt war,

stand ich sehr früh auf und lief, nachdem ich gefrühstückt hatte, ohne ein festes Ziel umher. Manchmal musterte ich die Familienbilder oder setzte mich in der Bibliothek auf ein Sofa, direkt gegenüber einem Jugendporträt von Kunos Mutter, Margarete von Tumitz, die der Maler in ihrer ganzen Schönheit wiederzugeben verstanden hatte.

Der einzige, der zu dieser Stunde bereits wach war, war der alte Diener, der mit schleppendem Gang durch die Korridore und Säle ging, um die Wanduhren zu stellen. Dann kam jemand aus der Küche und gab den Hunden zu fressen. Wie viele Hunde im Schloß herumliefen, konnte ich niemals genau feststellen. Es gab einen alten Schnauzer, der gewöhnlich auf dem Sofa in der Bibliothek schlief, und zwei Bracken, die am Tage durch die Wälder streiften und sogar mit der Beute zwischen den Zähnen zurückkehrten, die sie einem ahnungslosen Jäger gestohlen hatten (es kam nicht selten vor, daß man auf dem Fußboden blutige Fleischstücke fand und überall Federn herumflogen). Und dann gab es noch ein Rudel von Bastarden jeder Größe, angeführt von einem häßlichen Köter, der furchterregend aussah; sie machten ihre Streifzüge durch die Küchen und Salons, rauften sich schrecklich bellend, beschmutzten die Teppiche und Sofas, ohne daß irgend jemand etwas sagte, außer gelegentlich ein schwaches: »Die Hunde sollten draußen bleiben.« Eine Vorsichtsmaßnahme, die gewöhnlich am Abend getroffen wurde, wenn die Türen geschlossen wurden. Einigen wurde es jedoch erlaubt zu bleiben. Dem alten Schnauzer mit Sicherheit, der, nachdem er den ganzen Tag geschlafen hatte, in der Nacht im Schloß umherstreifte und dabei auch an meine Tür kam, um daran zu schnüffeln und zu kratzen.

Im Gegensatz zu dem frenetischen aber disziplinierten Leben im Collegium schien hier die Zeit stillzustehen. Alles schien in einer Kristallkugel eingeschlossen zu sein. Die Tage vergingen mit unglaublicher Langsamkeit. Kuno übte in seinem Zimmer, ich in meinem. Jeder widmete seinem Instrument etliche Stunden des Tages. Kuno jedoch ging bei schönem Wetter hin und wieder auf die Jagd und blieb dann den ganzen Tag weg. Während seiner Abwesenheit wuchs in mir das Unbehagen des sich selbst überlassenen Gastes. Obwohl mich alle, bis zum letzten Bediensteten, mit Respekt und Höflichkeit behandelten, versuchte ich mich abzusondern. Wenn ich jemanden traf, deutete ich einen Gruß an und ging meiner Wege, als ob die Gänge und Zimmer des Schlosses die Straßen und Plätze einer unbekannten Stadt wären. Am meisten Unbehagen bereitete mir der Baron. Er schien auch mich zu meiden. Er erweckte immer den Eindruck, als hätte er etwas Wichtiges zu erledigen, das er unterbrochen hatte, und wenn er aus reiner Höflichkeit gezwungen war, das Wort an mich zu richten, versiegte die Unterhaltung nach dem gezwungenen Austausch einiger Sätze. Jedesmal schien er es zu bereuen, ein Gespräch begonnen zu haben, das zu lang zu werden drohte. Mit einem verlegenen Lächeln lenkte er seinen Blick auf eine Wanduhr, griff nach seiner Uhr, ohne sie aus der Tasche zu ziehen, und schien es ernsthaft zu bedauern, nicht mehr die Zeit zu haben, ein so interessantes Thema vertiefen zu können, das wir jedoch ein anderes Mal fortsetzen könnten.

Kunos Mutter hingegen, die mein Unbehagen vermutlich bemerkte, richtete fast nie ein Wort an mich, sie beschränkte sich darauf, mir einen Gruß und ein gewinnendes Lächeln zu schenken. Häufig ertappte ich mich dabei, wie ich sie unbemerkt beobachtete. Bei schönem Wetter saß sie auf der Terrasse und las, oder sie wandelte auf den schmalen Alleen weit hinein in den Garten, auf und ab gehend, als erwartete sie jemanden. Manchmal, wenn sie sicher war, daß niemand sie beobachtete, schien ihr Gesicht traurig zu werden, derart, daß ich tiefes Mitleid für sie empfand.

Kunos Tante versorgte am Tag die kranke Mutter, und erst am Abend, nach dem Essen, konnte sie sich ihrem Lieblingsvergnügen widmen: dem Kartenspiel.

Außer den fünf Familienmitgliedern und der Dienerschaft war jeden Tag Besuch anwesend. Einige blieben nur zum Abendessen, andere verbrachten eine oder zwei Nächte im Schloß. Doktor Egony, der Hausarzt, der die alte Baronesse behandelte, kam fast jeden Tag, und Monsignore Ciliani war praktisch ständiger Gast im Schloß. Letzterer war gewöhnlich der Gegner des Barons beim Schachspiel. Ihre Partien dauerten ganze

Nachmittage, und manchmal wurden sie nach dem Abendessen beendet. Während er lange darauf wartete, daß der Baron seine Figur setzte, schloß Ciliani sogar die Augenlider, und sein Kopf fiel nach vorn. Der Baron gab ihm dann einen Klaps auf den Rücken, und die Partie ging weiter.

Um diesen Personenkreis, der ständig oder immer wiederkehrend anwesend war, bewegten sich etliche andere Gäste: Verwandte oder Freunde oder Freunde von Freunden. Jeden Dienstag und Freitag kam auch Herr Klotz, der Bürgermeister eines nicht weit vom Schloß entfernten Dorfes. Am Tisch saßen mindestens ein Dutzend Menschen. Und beim abendlichen Zusammensein fehlte niemals die Großmutter, immer elegant und sorgfältig frisiert. Das Essen stellte jetzt für sie das einzige Vergnügen dar. Bewegungsunfähig und dazu genötigt, sich von der Gouvernante füttern zu lassen, von der sie Tag und Nacht versorgt wurde, konnte sie noch mit Mühe die linke Hand bewegen, mit manchmal verhängnisvoller Auswirkung auf das Kristallgeschirr und die kostbare Tischdecke. Die Gouvernante griff dann ein und deckte alles mit einer Serviette zu. In diesen Fällen war die Diskretion der Gäste bewundernswürdig: niemand schien etwas bemerkt zu haben; in diesem Augenblick schaute jeder, als wäre es abgesprochen, in eine andere Richtung, und die Unterhaltung ging ohne den geringsten Riß weiter. Die Verstellung ging soweit, daß sich einer, als sei nichts geschehen, an die Großmutter wandte, um

ihre Meinung zu dem Thema zu hören, über das gerade gesprochen wurde. Gewöhnlich nahm die Alte es nicht einmal wahr, daß sie gefragt wurde, und das war auch besser so; manchmal hingegen erwachte sie und sprach, auf einen Punkt vor sich starrend, das einzige Wort, das sie mit ausreichender Klarheit artikulieren konnte. »Gustav, Gustav ...«, sagte sie und murmelte etwas Unverständliches.
Bei diesem Ausruf schienen alle auf ihren Stühlen zu erstarren. Vor allem Kunos Mutter war verstört. »Gustav wird kommen«, sagte sie gutmütig und bemühte sich, sie zu beruhigen. Aber die Alte achtete nicht einmal darauf. Sie rief immerfort den Namen in einem strengen Tonfall, als ob Gustav anwesend wäre und sie ihn wegen seines unverzeihlichen Fernbleibens tadeln müßte. Bald darauf verwirrte sich ihr Geist wieder, und eine Träne sickerte aus ihrem rechten Auge, das auch im Schlaf offenblieb. Dann, bevor das Weinen stärker wurde, brachte die Gouvernante sie mit sanfter Entschlossenheit zu Bett. Und die alte Baronesse verschwand leise wie ein Gespenst. Aber andere Gespenster schienen sie zu begleiten: Edelmänner und Damen, die vor Ewigkeiten diese Räume bewohnt hatten und deren Stimmen sie vermutlich hörte.
Auch Kuno schien auf seine Vergangenheit zu lauschen. Ich bemerkte bald, daß er von einer wahren Leidenschaft für die Familiengeschichte beherrscht war. Er hörte nicht auf, über seine Vorfahren zu sprechen, mir ihre Bilder zu zeigen und mir ihre Heldentaten und

Schandtaten zu erzählen. Er fühlte sich verpflichtet, mir jedes Detail des Blauschen Stammbaums zu erklären, der als Fresko an die Wand der Bibliothek gemalt war, auf dem ich, zwischen den anderen, auch den Namen Gustav bemerkt hatte. Ich fragte mich, ob dies der ständig von der Baronesse gerufene Gustav sei. Kuno hatte mir von ihm niemals etwas gesagt, und ich wagte es nicht, Fragen zu stellen. Eines Tages brachte mich mein Freund in die Verliese des Schlosses, wo noch Zellen mit mächtigen Ketten waren und einst ein – heute zugemauerter – Gang existierte, der bis hinunter zum Inn führte. Er erzählte mir Geschichten von Krieg, Mord, Vergeltung und Verrat.

Von den Kellerräumen stiegen wir eine steile, in den Felsen gehauene Treppe hinauf und gelangten in der Nähe der Familienkapelle ins Freie. Die Holztür war verrammelt, und in der Mauer über dem Architrav befand sich eine Nische mit einem Bild des heiligen Michael. Ein weiterer heiliger Michael aus Marmor mit zorniger Miene und einem Schwert, dessen Spitze auf die Gräber wies, erhob sich vor dem Eingang zum Friedhof. Der von einer kleinen Mauer eingefaßte Ort grenzte an den Wald. Und von dieser, stets im Schatten liegenden Stelle war das Schloß im Gegenlicht zu sehen, die Umrisse von der Sonne erhellt und von den Mauern geschützt. Die Grabsteine, die am Kopf länglicher, mit Tannenzweigen und Wiesenblumen bedeckter Erdhügel eingesetzt waren, zeigten von Moos schwarz gewordene Reliefs und waren, wie die Frontispize mancher Bücher, mit Ranken wilden Weins geschmückt. Inmitten der Gräber stolzierten, durch unsere Anwesenheit überhaupt nicht verängstigt, zwei Raben mit gravitätischer Miene. Kuno sagte mir, auch er würde, wie alle Familienangehörigen, eines Tages in diesem Flecken Erde begraben werden.

Mein Blick fiel auf einen umgestürzten, mit Unkraut fast überwucherten Grabstein. Davor waren weder Blumen noch Tannenzweige. Die Erde war, wie der Abdruck eines Riesenfußes, eingesunken. Ich ging nah genug heran, um den Namen lesen zu können: Gustav Blau. Ich weiß nicht, wieweit Kunos Wunsch, mich mit seinen schrecklichen Geschichten in Erstaunen zu versetzen, eine Rolle spielte, aber ich begriff, daß er mich hierhergebracht hatte, damit ich diesen Grabstein sähe.

»Nur Onkel Gustav«, sagte er und schaute in dieselbe Richtung wie ich, »hat eines Tages entschieden, daß dieser Ort ein wenig zu eng für ihn ist.«

Bei diesen Worten erschauderte ich. Von Kindesbeinen an hatte ich Geschichten von Gespenstern und Toten, die aus den Gräbern steigen, gehört – die Legenden über die Wiederauferstandenen sind in der Tat auf ungarischem Gebiet entstanden –, und dieses Grab schien ein geschändetes oder vielleicht, ich wagte nicht einmal daran zu denken, von innen aufgebrochenes zu sein. Ich sah mich mit einiger Unruhe um. Die beiden Raben flogen bald davon und verschwanden in der Tiefe des Waldes. Kuno beobachtete mich weiter, als wollte er an meinem Gesichtsausdruck die Wirkung seiner Worte sehen. Und während wir zum Schloß zurückkehrten, erzählte er mir die Geschichte von Onkel Gustav, dem Bruder seines Vaters, einem Arzt und Gelehrten.

Gustav war auf geheimnisvolle Weise vor Kunos Geburt dahingegangen. Irgend jemand sprach von Morddrohungen, andere von einer Flucht vor einer unmöglichen Liebe. Einige Wochen danach wurde ein allerdings unkenntlicher Toter aus dem Fluß gezogen, der jedoch auf Grund einiger Besonderheiten als Gustavs Leichnam identifiziert wurde. So wurde er – oder besser, was man für seinen Leichnam hielt – auf dem Familienfriedhof bestattet. Doch kaum hatte sich die Erde gesetzt, wurde das Grab geschändet und der Leichnam entwendet. Die Sache verursachte großes Aufsehen, und nicht lange danach erlitt die Baronesse aufgrund des Schmerzes einen Schlaganfall, der sie an den Rollstuhl fesselte.
»Aber ich glaube nicht, daß Onkel Gustav gestorben ist«, sagte Kuno.
»Was veranlaßt dich, das zu denken?«
»Noch heute geht in der Dienerschaft das Gerücht um, meine Großmutter wäre bei der Exhumierung anwesend gewesen. Aber das Verwirrendste ist, daß vor einigen Jahren ein Freund der Familie zu Besuch kam, ein bekannter österreichischer Schriftsteller, der aus Südamerika zurückgekehrt war, und behauptete, Gustav an einer Tankstelle in der Nähe von Bogotá getroffen und mit ihm gesprochen zu haben. In Wirklichkeit war es

keine richtige Unterhaltung gewesen: Dieser Mann hatte so getan, als würde er ihn nicht kennen, hatte gesagt, daß es sich um eine Verwechslung handelte, war schnell in seinen Daimler gestiegen (mein Onkel liebte dieses Auto) und hatte seinem Chauffeur befohlen wegzufahren. Aber unser Schriftstellerfreund war bereit gewesen zu schwören, daß er sich nicht geirrt hatte. Das Geheimnis des Todes und der Wiederauferstehung des Baron Blau hatte ihn kurze Zeit später zu einem erfolgreichen Roman inspiriert.«

Tod und Auferstehung? Kuno übertrieb. Tatsache sei jedoch, fügte er hinzu, daß Onkel Gustav sich neben der Medizin stets auch mit der Alchimie beschäftigt hatte. Bürgermeister Klotz, der in der Jugend sein bester Freund gewesen war, wußte von dieser Beschäftigung. Oder war er etwa nicht eines Abends, als er einige Gläser zuviel getrunken hatte, Zeuge eines Experiments geworden, bei dem sich ein Bleitropfen vor seinen Augen in reines Silber verwandelt hatte? Und wer war schließlich der anonyme Wohltäter gewesen, der der Blau Bank ein beträchtliches Kapital hatte zukommen lassen, als das Institut auf Grund von riskanten Investitionen kurz vor dem Bankrott stand? Kuno glänzten die Augen, als er von diesen Dingen erzählte. »Onkel Gustav lebt noch, davon bin ich überzeugt«, schloß er, »und er hat ein großes Vermögen angesammelt.«

Eines Tages vielleicht würde, nach einem kräftigeren Klopfen als gewöhnlich, der alte Diener die Tür öffnen, eines seiner besten »Herzlich Willkommen« modulieren, und Gustav Blau würde genauso auftauchen, wie alle ihn in Erinnerung haben, oder sogar verjüngt und stattlicher als je zuvor, weil, wie man weiß, der Stein des Weisen nicht nur die Macht hat, Metalle zu verwandeln, sondern auch die Macht, vor dem Verfall zu schützen und vielleicht auch vor dem Tod.

Offensichtlich hatte sich um das geheimnisvolle Verschwinden von Gustav Blau eine Legende gebildet, die mit den Jahren ausgeschmückt worden war, über die im Schloß zwar niemals offen gesprochen wurde, auf die aber in irgendeiner Weise in den Gesprächen häufig angespielt wurde. Das war zumindest mein Eindruck. Vielleicht war die alte Baronesse der einzige Mensch, der etwas wußte. Zumal wenn sie bei der Exhumierung dabeigewesen war, hätte sie sicher viel zu sagen gehabt. Aber sie hatte seit langem ihr Geheimnis in der Aphasie begraben. Hin und wieder schien sie es enthüllen zu wollen, aber jeder Impuls erschöpfte sich in diesem einzigen Wort, in diesem einzigen Namen. Und um sie nicht in diese Krisen zu stürzen, wurde bei Tisch über die banalsten und harmlosesten Themen gesprochen. Aber man hielt sich schadlos, sobald sie sich entfernt hatte. Dann maß man sich an den großen Themen, nahm man sich die ungelöste Menge der höchsten Fragen vor. Nicht zufällig kam schon am ersten Abend, an dem ich mich an diesem Tisch befand, das Gespräch auf das Leben und den Tod oder auf die Suche nach der Unsterblichkeit. Es war ein Thema, das gewöhnlich das positivistische Denken des Doktor Egony und das spiritualistische Denken des Monsignore Ciliani aufeinanderstoßen ließ. Doktor Egony verteidigte seine Thesen und lobte die Triumphe der Medizin. Er sagte die Vernichtung aller Krankheiten in Kürze voraus und die Verlängerung des menschlichen Lebens bis ins Unendliche. Sogar Bürgermeister Klotz griff ein und ereiferte sich, ein Mann von kleiner Statur (seine Beine baumelten vom Stuhl wie die eines Kindes), mit rotem Bart und roten Haaren und einer schrillen Stimme: ein Gnom, der sich entschließen würde, die Welt der Menschen incognito zu besuchen, hätte sicher keine schlechtere Verkleidung finden können.

Klotz bestritt den Positivismus des Doktors, teilte aber ebensowenig den Spiritualismus des Prälaten; er glaubte vielmehr an die Spagirik als einzige universale Medizin und verteidigte die Hypothese der ewigen Wiedergeburt. Während die beiden von der Hypothese einer möglichen Erlangung der Unsterblichkeit gefesselt waren, sah Monsignore Ciliani darin eine schreckliche Bedrohung. Und den Schrecken sah man ihm bereits an. War er sonst liebenswürdig, so verdunkelte sich jetzt sein Gesicht; sein Kinn, in den weißen Kragen gezwängt, schien sich aufzublähen und seinen ganzen Verdruß zu beherbergen, seine Stimme wurde dröhnend, als ob er von der Kanzel spräche. Schon am ersten Abend hatte ich ihn einen Abschnitt aus der Genesis zitieren hören: »Seht, der Mensch ist geworden wie wir, er erkennt Gut und Böse. Daß er jetzt nicht die Hand ausstreckt, auch vom Baum des Lebens nimmt, davon ißt und ewig lebt.«

Der Menschheit sei Einhalt geboten worden, behauptete der Prälat. Als der Mensch den Baum der Erkenntnis gewählt hatte, habe er auf den Baum des Lebens verzichtet. Nur der Tod oder das Vergessen hätte jeden eventuellen Aufstand ersticken können, denn in der Vergangenheit hätte der Mensch schon mehrmals versucht, den Himmel zu erobern, wäre auch von rebellierenden Engeln unterstützt worden, die seit jeher ihre niederträchtige Vertreibung bekämpft hatten, und wenn Gott nicht die Macht über den Menschen gehabt hätte, ihn in den Schlaf des Todes zu versenken, wäre er ihm gegenüber ohne ein Mittel der Verteidigung geblieben.

Der Baron griff selten in die Diskussionen ein, hatte aber die Macht, sie zu beenden, indem er sich vom Tisch erhob. Das steife Bein bereitete ihm dabei Schwierigkeiten. Er mußte mit einem Ruck aufstehen, so daß der Stuhl mit einem Quietschen nach hinten gestoßen wurde. Bei diesem Signal hörte jede Streitrede auf, und alle begaben sich in den nebenan liegenden Saal zum Kartenspiel.

Kuno und ich hingegen zogen uns in den Musiksaal zurück, wo wir Geigenduette spielten; hierfür suchten wir aus den zahllosen unveröffentlichten, in einem Schrank aufbewahrten, oder besser gesagt, aufgestapelten Partituren einige aus. Es waren zum größten Teil völlig wertlose Musikstücke, von Dilettanten geschrieben, um irgendwelche adligen Abendgesellschaften zu erfreuen. Aber Kuno gefiel das alles sehr, und ich ging ihm dabei zur Hand. Wir kramten in verstaubten Stößen von Papier, die von Mäusen angenagt, manchmal unleserlich und so abgenutzt waren, daß sie beim bloßen Anfassen in Stücke zerfielen. Wir hatten Spaß daran, diese Musikstücke mit dem Bogenkopf zu spielen, wir suchten etwas Gutes für ein kleines Konzert, das wir dann an einem der nächsten Abende zu Ehren der Gäste vorspielen wollten.

Manchmal hörten wir jedoch auf zu spielen und kamen wieder auf die Tischgespräche zu sprechen. Das wichtigste Thema war die Unsterblichkeit. Kuno hatte genaue Vorstellungen und kam zu zwingenden Schlüssen. Seine Gedankengänge schienen mir manchmal sehr seltsam, ich verstand sie nicht, sie waren von einer grausamen Erregung durchdrungen. Ab und zu erschrak ich fast darüber. Seiner Meinung nach würde sich nach einem Axiom der Hermetik alles, was einst getrennt war, wieder zusammenfügen. Die Vergangenheit würde uns zu Übermenschen machen. Nur aus der Vergangenheit könnte für uns die Befreiung von der Maut des Todes kommen. Der Schlüssel zu diesem, seit dem Beginn ihrer Existenz von der Menschheit ersehnten Zustand läge in unserer Geschichte. Wir erlebten einen einzigartigen Augenblick. Jetzt, genau in dieser Zeit, erwachte die Vergangenheit wieder, wie eine denkende Entität, und riefe die Auserwählten zusammen; und wer zu ihnen gehörte, sollte sich einfach furchtlos leiten lassen; die Wahl zwischen Gut und Böse läge nicht mehr bei ihm, sondern würde ersetzt durch bloßes Handeln, reines Fortschreiten auf einem bereits vorgezeichneten Weg. Das Gebot bestünde also darin, zu den Ursprüngen zurückzukehren, bis zu den Wurzeln des Lebensbaums zu gelangen, bis zu den Urgöttern, um sie aus dem Eis zu erwecken, in dem sie begraben wären; denn unsere Sterblichkeit resultierte aus ihrem Schlaf, und wenn sie wiedererweckt würden, sorgten sie dafür, daß wir ihnen gleich würden.

Manchmal schien es mir, als ob Kuno mich glauben machen wollte, er kenne irgendein Geheimnis oder daß ihm eines nicht mehr fernen Tages dieses Geheimnis enthüllt werden würde, vielleicht von Gustav Blau selbst. Er fuhr fort, mir zu sagen, daß nichts von dem, was die Vorfahren mühsam erworben hatten, verloren ginge. Alles werde über die Blutslinie oder die legitime Erbfolge weitergegeben.

Seine Worte verwirrten mich. Vielleicht war die Zeit noch nicht gekommen, in der der Frevel, die Rebellion gegen die Natur- und Göttergesetze sich auf schmeichlerische Massen, ganze Völkerschaften ausdehnen würde und in der, verführt von dem Versprechen, das vom Nachbarstaat zu uns gelangte, die Leute zu allem bereit wären? Für mich war es die Stunde der Verdunkelung des Geistes. Mir kam das Bild wieder in den Sinn, das sich über der Tür zur Familienkapelle der Blau befand: der Erzengel Michael, wie er das Untier durchbohrt.

Konnte es möglich sein, daß die Menschheit vor den Augen Gottes bereits das Aussehen einer heißhungrigen Hydra angenommen hatte?
Ich ließ meiner Vorstellungskraft freien Lauf. Ich entdeckte eine Welt, deren Existenz ich noch nicht einmal erahnt hatte. Und zum ersten Mal spürte ich voller Angst auch die Leere meines Lebens. Ich dachte mit einem eigenartigen brennenden und schmerzhaften Gefühl des Neides an Kuno, wegen seiner adligen Geburt, wegen des Schlosses, dem die Geschichte im Vorbeigehen einen Zacken aus der Krone gebrochen hatte; vor allem aber wegen der Stütze, die ihm eine durch den täglichen Umgang mit der Erinnerung ständig gegenwärtige Vergangenheit gab. Alles an diesem Ort schien tatsächlich einem Handeln gewidmet zu sein, das dazu diente, sie am Leben zu erhalten. Es war ein kollektiver Ritus, der zum Ziel hatte, die Verstorbenen in einem Interregnum unterzubringen, aus dem sie noch zu neuem Leben erwachen und sich, zum Lohn dessen, der sie rufen würde, die schmerzliche Erfahrung des Todes ersparen konnten.
Ich war bestürzt. Ich fing an zu denken, daß die Freundschaft zu Kuno ihren wahren Grund im Alleinsein in den Mauern des Collegium Musicum hatte. Dort hatten wir beide jahrelang gegen feindselige Lehrer gekämpft, waren wir gezwungen gewesen, dem Idol der Technik zu dienen, hatten versucht, der Schwere und dem Widerstand des Bogens zu trotzen. Dort waren wir gleich gewesen. Aber jetzt hatte sich etwas ge-

ändert, Kuno war nicht mehr derselbe wie damals. Er begann bereits, auf Distanz zu gehen. Jedesmal, wenn wir spielten, nahm er das Recht für sich in Anspruch, das Stück auszuwählen, das ihm gefiel. Er wollte bei jeder Gelegenheit überlegen sein. Er legte mir gegenüber ein Gebaren der Überheblichkeit an den Tag, das sich hauptsächlich in Anwesenheit von Fremden zeigte. Manchmal vergaß er, mich angemessen vorzustellen. Mir schien es, als ob er sich mit diesem oder jenem Gast einen Spaß daraus machte, meine geringe Herkunft hervorzuheben. Oder er ließ mich links liegen, als ob ich nicht existierte. Vielleicht war es falsch gewesen, ihm von meinen großen Plänen zu erzählen. Vielleicht war es falsch gewesen, ihn anzulügen und zu sagen, daß ich im nächsten Jahr in den engen Kreis für das Musikseminar von Sophie Hirschbaum kommen würde. Ich hatte so sehr auf Sophies Antwort gehofft, daß ich überzeugt war, diesen Brief tatsächlich erhalten zu haben, und sprach jetzt so davon, als ob es eine vollendete Tatsache sei. Aber wenn wir uns unsere Zukunft vorstellten, schien Kuno alles für sich zu reservieren und mir nur die Krümel übrigzulassen. Die Zukunft würde, nach Kunos Behauptung, große Veränderungen bringen. Uns würde nicht mehr die Zeit bleiben, wie Zikaden zu zwitschern, vielmehr erwarteten uns andere Aufgaben. Die Musik, sagte er, könne nicht der einzige Lebensinhalt sein. Er dachte nicht tatsächlich so, erkannte ich, sondern es war nur seine Art, mich zu provozieren, um mir keine Befriedigung zu gönnen. Für ihn, den adlig Geborenen, würde die Musik niemals ein Beruf sein. Für mich vermutlich schon. Eines Tages, als wir am Tisch saßen, hörte ich ihn sagen: »Sicher ist die Musik das Leben. Sie ist es für viele, für sehr viele. Ein Violoncello, eine Geige sind im Grunde eine ehrliche Art des Broterwerbs.«

An einem anderen Abend machte er eine noch boshaftere Bemerkung. »Wir leben in schwierigen Zeiten. Wohin kann dieses ganze Virtuosentum heute führen, wenn nicht dazu, sich in irgendeinem Thermalbad zur Schau zu stellen.« Und dann wandte er sich an mich. »Was sagst du dazu, Jenö? Wenigstens du könntest einige Gläser Wasser von guter Qualität trinken.« Ich biß die Zähne zusammen und brachte ein Lächeln zustande, war aber versucht, vom Tisch aufzustehen und wegzugehen.

Später, als wir allein waren, bemühte sich Kuno, die Sache in Ordnung zu bringen. Er sagte, es wären nur scherzhafte Bemerkungen gewesen. Daß es ihm gefiele, mich zu provozieren, und ich spürte fast Reue, ihm gegenüber einen übelwollenden Verdacht gehegt zu haben. Manchmal fragte ich mich, ob es der Neid war, der mich so weit trieb. Mich betrübte die Tatsache zu bemerken, daß ich ihn nicht gut genug kannte. Ich konnte es nicht ertragen, wie sein Bild sich verflüchtigte, und litt darunter. Seine ständige Beweglichkeit verwirrte mich, der ständige Wechsel seiner Laune, daß er sich jetzt liebenswürdig zeigte und kurz darauf abstoßend, wie manche Betrunkene, die sich, nachdem sie dir ewige Zuneigung geschworen haben, nicht einmal mehr an dich erinnern, wenn der Rausch vorüber ist. Ich fragte mich, ob es sich bei uns um eine wirkliche Freundschaft handelte. Aber was bedeutete dieses Wort denn überhaupt? Um es zu wissen, müssen wir die wahre Natur des Ich kennen und sein Bedürfnis nach Abgrenzung, sich im anderen wiederzuerkennen, sich im anderen zu spiegeln. Aber mit Kuno war es nicht so. Ich wollte mich in ihm wiedererkennen, war aber ständig zur Konfrontation gezwungen. Unsere Beziehung war eine mit flüchtigen Umrissen, mit unverständlichen Regeln. Wenn es mir schien, als hätte ich es geschafft, alle Kehrseiten seines Charakters zu kennen, so daß ich mich zu den düsteren Ritualen seines Hofes zugelassen fühlte, siehe da, dann blieb eine letzte Tür für mich verschlossen, an die ich mich nur anlehnen und von außen lauschen konnte. Ich hatte das deutliche Gefühl, daß er sich meiner nur bedienen wollte. Dennoch spielte ich mit und ließ mich, taub gegenüber jedem Ruf der Vernunft, immer weiter in sein Spiel hineinziehen. Ohne daß ich es merkte, entwickelte sich das, was seinen Höhepunkt im anfänglichen Blitzschlag besessen hatte, bereits seit einiger Zeit zurück oder wurde, wenn man einen Begriff aus der Musik gebrauchen will, zu einem Spiegelkanon.

Ich erinnere mich an eine schauerliche Episode, die er einfach als einen »Jagdunfall« bezeichnete und bei der ich mich am Schluß als Komplize fühlte, nur weil er mich hatte schwören lassen, niemandem etwas davon zu erzählen. In Wirklichkeit war diese Geste, die ich ohne Zögern als grausam definiere, nur die Antwort auf eine Weigerung meinerseits. Er hatte von mir etwas Unmögliches verlangt. Ich hatte abgelehnt. Und diese niederträchtige Tat, die er in meiner Anwesenheit vollbrachte, war nichts anderes als eine Warnung: ich sollte wissen, daß man zu Kuno Blau niemals nein sagen darf. Aber der Reihe nach. Eines Abends hatten wir uns wie gewöhnlich in den Musiksaal zurückgezogen. Kuno schien jedoch keine Lust zum Spielen zu haben. Er fing an, seine Geigen aus den Vitrinen zu holen, und wollte, daß ich sie ausprobiere. Auf einmal verzog sich sein Mund zu einem gezwungenen Lächeln, und er schlug mir vor, ihm meine Geige zu überlassen. Er würde mir eine ebenso wertvolle geben, sagte er zu mir, oder sie mir bezahlen. Bei diesem Vorschlag konnte ich nichts anderes tun, als meine Bestürzung zeigen. Für mich hatte diese Geige einen unschätzbaren Wert. Hätte ich jemals meinen Kopf, mein Herz eingetauscht oder verkauft? Natürlich lehnte ich ab.

Als Kuno mein Gesicht sah, versuchte er, die Sache in einen Scherz zu wenden. »Du wirst doch nicht geglaubt haben, daß ich es ernst meinte?« Aber er war blaß, zu blaß. Mein Nein war für ihn eine unerträgliche Niederlage.

Und dennoch wollte ich in diesem Augenblick wirklich an einen Scherz glauben, an einen schlechten. Einige Tage später überredete mich Kuno, mit ihm auf die Jagd zu gehen. Ich hatte in meinem Leben noch nie ein

Gewehr berührt, er aber versicherte mir, Schießen sei die einfachste Sache der Welt. Er sagte sogar, daß ich angesichts eines möglichen Krieges gut daran täte, mich mit Feuerwaffen vertraut zu machen. So stimmte ich zu, wenn auch widerwillig, um ihn zufriedenzustellen, die Last einer Waffe zu schultern, die ich sicher nicht benutzen würde.

Wir brachen zu früher Stunde auf und legten einen langen Weg zurück, begleitet von den beiden Bracken, einem Rüden und einer Hündin, die hin und wieder in der Tiefe des Waldes verschwanden und dann an unvermuteter Stelle wieder herauskamen. Ihre Aufgabe war es, irgendein Stück Wild einzukreisen und es in unsere Richtung zu treiben. Immer wieder liefen sie fort, kehrten zurück, sahen uns verzweifelt an und schienen uns mit einem kurzem Gekläff unsere Unfähigkeit vorzuwerfen. Hin und wieder gelang es ihnen, einen Vogel aufzuscheuchen, der aufflog und sich ins dichte Unterholz rettete, aber in den meisten Fällen war er zu weit weg. Die Wahrheit war, daß uns die Jagd wenig Spaß machte. Wir sprachen, wenn auch mit leiser Stimme, und erschreckten das Wild. Das Thema unserer Unterhaltung, die Unsterblichkeit, war uns viel mehr wert als eine volle Jagdtasche. Kuno ging auf dem engen Pfad voraus, und ich lauschte seinen glänzenden Gedankengängen. An einem Menschen, der dir lange Zeit den Rücken zukehrt, ohne sich umzudrehen, ist etwas äußerst Verwundbares. Es ist etwas, das dir eine Art Zuneigung einflößt: dieser Mensch ist dir tatsächlich ausgeliefert. Du kannst ihn beobachten, ohne gesehen zu werden, und du könntest ihn mit Leichtigkeit schlagen, wenn du nur die Absicht hättest, zugleich aber entwaffnet dich seine schutzlose Lage. Und so wurden auch seine Worte, seine Theorien, seine Überzeugungen entwaffnend. Das Wort Unsterblichkeit von einem Alten geäußert, aus dem triefenden Mund des Bürgermeisters Klotz, klingt wie ein krasser Widerspruch: von welcher Unsterblichkeit kann ein Mensch reden, der sich bereits unerbittlich auf dem Niedergang befindet. Aber von einem Jungen ausgesprochen, der gerade herangewachsen, im Alter des ersten Bewußtwerdens des Todes und zugleich auf dem Höhepunkt des Lebens ist, auf der Schwelle steht, hinter der alles unwiderbringlich der Zersetzung nahe ist, bekommt dieses Wort große Bedeutung und beweist einen unbesiegbaren Willen. Aber seine Argumente eroberten mich nicht. Für mich war es immer und allein die Musik, die mir die Unsterblichkeit ins Gedächtnis rief. Die Musik war einer der vielen Wege, die zur Erkenntnis führen, ein dem größten Teil der Menschheit unbekannter Weg, den Kuno und ich jedoch seit langer Zeit beschritten. Die Musik existierte vor der Erschaffung der Welt und würde nicht verschwinden. Dennoch war es die flüchtigste der Künste, die sich Note nach Note auflöste. Das eigene Leben der Suche nach der Perfektion in der Musik zu widmen, war für mich der einzige Weg zu versuchen, den überirdischen Zustand der Unsterblichkeit zu erlangen.

Der Pfad, den wir entlanggingen, war eng und gefährlich, häufig liefen wir am Rande einer Felsspalte oder einer schroff abfallenden Schlucht, aus deren Tiefe das Tosen eines Wildbachs zu uns heraufdrang. Plötzlich blieb Kuno stehen und gab mir ein Zeichen zu schweigen. In diesem Augenblick flogen aus einem Gebüsch zwei Wachteln auf. »Schieß«, befahl er mir. Ich versuchte zu zielen, wie ich es für richtig hielt, zögerte aber, den Abzug zu drücken. Den beiden Vögeln gelang es nicht, aus dem Ästegewirr aufzufliegen, von hinten wurden sie von den Hunden bedrängt, vor sich hatten sie unsere Gewehrläufe. Und ich zögerte. Kuno schoß, beim ersten Schuß verfehlte er das Ziel, und beim zweiten hatte das Gewehr eine Ladehemmung. »Schieß!« wiederholte er jetzt zornig. Ich drückte den Abzug, legte meine ganze Kraft hinein und spürte einen schrecklichen Stoß gegen das Schlüsselbein. »Du hast ihn erwischt, du hast ihn erwischt.« Ohne es zu wollen hatte ich, wie es Anfängern häufig geschieht, ins Schwarze getroffen. Der unerwünschte Zufall war mir zu Hilfe gekommen, genau da, wo ich es am wenigsten gewollt hatte. Ich sah etwas auf den Boden stürzen und Federn zwischen den Zweigen fliegen. Die beiden Bracken schossen auf die Stelle im Unterholz zu. Kurz danach tauchte der Rüde mit der Beute zwischen den Zähnen aus dem Farn auf. Kuno befahl ihm mehrmals zu apportieren, aber der Hund rührte sich nicht von der Stelle, während die Hündin aufgeregt um ihn herumlief und ihm die Beute zu entreißen suchte. Mit einer unerbittlichen Geste deutete Kuno mit dem Zeigefinger auf den Boden und befahl noch einmal, die Beute freizugeben, aber der Bracke begann zu knurren und wich vor seinem Herrn zurück. In diesem Augenblick ergriff mich eine unsägliche Angst. Mir schien, als ob sich der Wald über mich beugte, als wollte er mich ersticken, ich sah, wie Kuno sein Gewehr lud. Ich wollte fliehen, entfernte mich aber nur wenige Schritte. Ich hörte ihn fluchen, mit einer Stimme, die nicht mehr die seine war. Niemals in meinem Leben, nicht einmal im Krieg, an der Front, sollte ein Schuß schrecklicher klingen, ein Winseln herzzerreißender als dieses ganz kurze Jaulen.

Auf dem Rückweg wechselten wir kein einziges Wort. Erst beim Anblick des Schlosses bat mich Kuno zu schwören, daß ich niemandem etwas sagen würde. Diese Episode wurde binnen kurzem vergessen, oder besser gesagt, ich spürte das Bedürfnis, sie aus meinem Kopf zu streichen. Ich begann, an meinen Sinnen zu zweifeln, und am Ende redete ich mir ein, daß es ein böser Traum gewesen war.

Um eine Freundschaft intakt zu erhalten, sind wir bereit, alles zu tun. Wir überraschen den Freund bei einer ungebührlichen Handlung, aber unser Urteilsvermögen trübt sich, unsere Nachsicht macht uns blind, und die Freundschaft bleibt unversehrt und wächst sogar, als wären zu ihrer Erhaltung die Fehler des Freundes wichtiger als seine Vorzüge. Was ist die Freundschaft im Grunde anderes als eine Dauerabsolution? Aber die

Freundschaft zwischen Kuno und mir hatte schon den kritischen Punkt erreicht. Sie war Komplizenschaft geworden. Nach dem Jagd-»Unfall« wurde ich in einen anderen unmittelbar verwickelt.
Es geschah eines Abends, während wir Geige spielten. Der Baron und Monsignore Ciliani, die wahrscheinlich ihre Partie unterbrochen hatten, gingen den Korridor entlang und blieben stehen, um uns zuzuhören. Dann setzten sie sich hinten im Salon auf zwei an der Wand stehende Sessel. Kuno und ich spielten unsere unveröffentlichten Musikstücke so gut wie möglich, gaben mit Arpeggi und Koloraturen den galanten Geist der Zeit wieder, in der sie geschrieben worden waren. Plötzlich spürte ich, wie der Baron seine Blicke auf mich richtete. Er sah mich unverwandt an, als ob ihm an mir etwas aufgefallen wäre. Auf einmal sah ich, wie er sich aus dem Sessel erhob und eine ganze Zeitlang, auf seinen Stock gestützt, stehenblieb. Als wir aufhörten zu spielen, näherte er, neugierig geworden, sich mir, und als ich meine Geige zusammen mit dem Bogen weglegte, den mir Kuno geschenkt hatte, hörte ich ihn fragen: »Und woher kommt der?«
»Den hat mir Kuno gegeben«, sagte ich, ein wenig überrascht. Glücklicherweise sagte ich »gegeben« und nicht »geschenkt«, denn Kuno verbesserte mich rasch, ohne mir in die Augen zu schauen: »Nur als Leihgabe«, sagte er. »Ich habe ihn nur als Leihgabe gegeben.«
In diesem Augenblick fühlte ich mich vor Scham vergehen. Ich erinnerte mich sehr gut, daß Kuno zu mir

gesagt hatte: »Ich schenke ihn dir.« Und in Anbetracht meines Zögerns hatte er darauf bestanden, daß ich ihn nähme und als Erinnerung an ihn behielte, für den Fall, daß wir uns eines Tages aus den Augen verlören. Und als ich ihn, noch nicht überzeugt, gefragt hatte, was seine Eltern sagen würden, hatte er geantwortet, daß er über die Dinge, die ihm gehörten, frei verfügen könne, ohne jemandem darüber Rechenschaft abzulegen.

Der Baron schien sich von der Überraschung zu erholen. »Gib acht darauf«, ermahnte er mich und ging auffällig humpelnd fort, als ob er sich schleunigst von mir entfernen wollte, wie ich es an ihm nie gesehen hatte. Zwar sagte ich nichts, aber ich brachte selbstverständlich den Bogen am selben Abend an seinen Platz zurück. Ich fühlte mich hintergangen. Wie war ein solches Verhalten meines Freundes möglich? Kuno kam am nächsten Morgen in mein Zimmer. Er entschuldigte sich und sagte, daß er mir den Bogen wohl geschenkt, aber vergessen hatte, es seinem Vater zu sagen. Jetzt könnte ich ihn jedoch behalten. Ich wollte natürlich nichts davon hören, wie sehr er auch darauf bestand. Kuno blickte angespannt. Ich war unbeugsam. Ich sah, daß er sich mit Mühe zurückhielt, mit geballten Fäusten, und am ganzen Körper zitterte. »Nun gut, du hast es so gewollt«, sagte er und hob den Arm, den Bogen wie eine Peitsche in der Hand haltend. Einen Augenblick lang glaubte ich, daß er ihn mir ins Gesicht schlagen wollte. Statt dessen schlug er den Bogen mit solcher Kraft auf die Fensterbank, daß er zerbrach.

»Du hättest besser daran getan, meinen Vorschlag anzunehmen«, sagte er zu mir, drehte sich brüsk um und verließ das Zimmer.

Vielleicht hätte mein gesunder Menschenverstand mir sagen sollen, das Schloß zu verlassen. Von unserer Freundschaft war nun nichts mehr geblieben. Aber irgend etwas hielt mich noch auf Hofstain zurück. Ich schloß mich in mein Zimmer ein und spielte. Nur hin und wieder hielt ich ein und lauschte, ob auch er spielte, ob wenigstens die Musik uns noch verband. Damals schien mir wie niemals sonst der Sinn des Lebens in höchstem Maße unfaßbar. Sogar die Erinnerung an Sophie zerbröckelte in meinem Gedächtnis. Ich war zerstört, hatte keinen Willen mehr. Ich verbrachte ganze Nachmittage in meinem Zimmer am Fenster sitzend und beobachtete das langsame Schwächerwerden des Lichtes an den Mauern. Es war bereits ein Monat seit meiner Ankunft vergangen, und die Jahreszeit neigte sich ihrem Ende zu. Der Schatten stieg immer rascher von den Bergen herab; es gab häufig Gewitter, und der Regen fing an, mit unerhörter Gewalt gegen die Mauern und Fensterscheiben zu peitschen. Die Hunde heulten vor Angst. Das Wasser rann über die mit Bleiplättchen bedeckten Dächer, floß in ein kompliziertes Netz von Dachrinnen und stürzte rauschend in vielen kleinen Wasserfällen hinab, die den Boden überfluteten.

Wie immer leuchteten auch an diesem Abend auf dem

Tisch zwei brennende Kandelaber, und, obwohl es Sommer war, loderte im Kamin das Feuer. Die alte Baronesse hatte sich bereits zurückgezogen. Es war ein Freitag. Bürgermeister Klotz und der Arzt hatten wieder angefangen, sich mit Monsignore Ciliani über die Unsterblichkeit zu unterhalten. Es war eine Diskussion, die kein Ende zu finden schien. Oder, schlimmer noch, sie begann immer wieder von vorn.

»Unsterblichkeit ist ein bedeutendes Wort«, sagte Klotz.

»Alles hat seinen Anfang«, gab Doktor Egony zu. »Wenn die Wissenschaft einmal die Krankheiten ausgerottet hat, wird das Leben zwei-, drei-, vierhundert Jahre dauern. Das wäre der Anfang der Unsterblichkeit.«

»Aber das Leben des Körpers zu verlängern bedeutet nicht, das Leben der Seele zu verlängern.«

»Was wollen Sie damit sagen?« Von der Seele sprechen zu hören verwirrte Egony.

»Setzen wir tatsächlich voraus, daß es der Medizin gelingt, das menschliche Leben um zwei-, drei- oder vierhundert Jahre zu verlängern. Die Frage, die wir uns stellen müssen, die wir nicht nicht stellen können, ist folgende: die Seele ...«

»Die Seele, die Seele ...«, unterbrach ihn Egony.

»Die Psyche, wenn sie es vorziehen, der Geist, kurz, das, was im Körper das Selbstbewußtsein darstellt. Sagen wir die Mens, ja, die Mens. Die Frage ist also: Wie kann der Verstand die zusätzlichen Jahre leben? Welches ist der ›mentale‹ Wert eines Jahrhunderts für einen Menschen, der zwei, drei, vier davon erleben kann. Gehen wir nicht das Risiko ein, dem Körper eines Menschen die Zeitspanne von drei-, vierhundert Jahren zu schenken, während seine Mens keine einzige Minute weiterleben kann?«

»Ich vermag Ihnen nicht zu folgen.«

»Für unsere Mens, für unsere Psyche, der ein Leben von etwa siebzig Jahren bestimmt ist, würde die Zukunft immer morgen, in einem Monat, in einem Jahr, in fünf, sechs Jahren sein. Unsere Mens ist nicht in der Lage, sich eine fernere Zukunft vorzustellen. Und die Vergangenheit, die in Jahrhunderten und nicht in Jahren gemessen würde, praktisch jeder Erfahrung des Heranwachsens und des Alterns beraubt, wäre eine reine Wiederholung: zwischen gestern oder vor einem Jahrhundert würde kein Unterschied bestehen. Vergangenheit und Zukunft, diese beiden Grenzen des Bewußtseins, würden sich schrecklich nahe kommen, es würde eine reale zeitliche Perspektive fehlen. Mit anderen Worten: was wären zweihundert, dreihundert, vierhundert Jahre ohne das Bewußtsein, sie gelebt zu haben? Die Unsterblichkeit, die echte, würde für mich nicht im körperlichen Weiterleben, vielmehr in der Erweiterung des Bewußtseins bestehen. Die Unsterblichkeit müßte ein *continuum* sein, das von den Anfängen der Menschheit ausgehend die Zukunft umfassen müßte. Es würde ein sich schließender Kreis sein, die Vergangenheit, die sich mit der Gegenwart und der

Zukunft vereinigt. Es würde die absolute Einheit sein. Dann erst würde ein Augenblick unseres Lebens die kühnste Hypothese über die Ewigkeit verwirklichen, die wir uns vorstellen können.«

»Die unendliche Verlängerung des Lebens des Körpers«, griff an dieser Stelle Monsignore Ciliani ein, »hätte eine schreckliche Folge: Der Mensch müßte für eine unbestimmte Zeit das unerträgliche Gewicht der eigenen Sünden tragen.«

»Er hätte aber auch die Zeit, sie zu bereuen«, erwiderte Doktor Egony.

Ciliani machte eine vage Geste mit der Hand. »Um eine Sünde zu büßen, genügt manchmal ein Leben nicht. Aber ein Leben ohne Ende wäre zuviel. Nein, gewisse Dinge können nur mit dem Tod ausgelöscht werden, mit dem Geschenk des göttlichen Vergessens, dem höchsten Geschenk, mit dem Seine Barmherzigkeit uns unsere ganze Schuld vergeben wird.« Monsignore Ciliani seufzte tief. »Die Unsterblichkeit eines Individuums wäre auch die Unsterblichkeit der Unzulänglichkeiten, der Schwächen dieses Individuums. Ein dummer Mensch würde immer dumm bleiben. Ein Mensch ohne musikalisches Gehör« – hier warf Monsignore Ciliani mir und Kuno einen vielsagenden Blick zu – »würde niemals eines bekommen, auch wenn er Millionen Jahre lebte. Was in ihm wachsen könnte, bis zum Übermaß, wären die Bosheit, die Grausamkeit, die Unempfindlichkeit, alle Laster, die, wie der Machthunger, keine Grenzen kennen. Der Haß nährt sich aus sich selbst. Und so würde

ein abscheuliches Wesen in Hunderten von Jahren immer neue abscheuliche Erfahrungen sammeln.«
Hier schwieg der Prälat würdevoll, sah sich um und ordnete hüstelnd das Besteck auf dem Teller.

Es war schon neun. Die lauten Schläge einer Wanduhr erinnerten uns daran. Aber an diesem Abend begann der Baron zu sprechen, anstatt sich wie immer zu erheben und in das Spielzimmer hinüberzuwechseln. Gewöhnlich beschränkte er sich darauf zuzuhören und mit einem Kopfnicken das Gesagte zu kommentieren. Dieses Mal hingegen ergriff er entschlossen das Wort. Die Unsterblichkeit sollte, nach seiner Meinung, einfach als Kontinuität, als Andenken an die Herkunft verstanden werden. Dann brachte er ausgerechnet das Beispiel der alten Musikstücke, die Kuno und ich gefunden hatten. In der Geschichte der Familie Blau, sagte er, habe es etliche tüchtige Musiker gegeben, und irgend etwas von ihnen sei sicher lebendig geblieben und habe sich von Generation zu Generation weitervererbt, bis es seinen Höhepunkt in dem außerordentlichen Talent seines Sohnes erreicht habe. Diese Worte demütigten mich. Ich spürte Wut in mir hochsteigen. Ich sah meine armselige Vergangenheit wie eine hinter mir geschlossene Tür. Ich fühlte mich wie ein Bettler, der gezwungen wird, der Zurschaustellung eines immensen Reichtums beizuwohnen. Die Holzscheite knisterten im Kamin, eisige Luft drang vom Korridor in das Zimmer, zerzauste den leuchtenden Schein der Kandelaber. Noch einmal öffnete sich die widerwärtige Wunde, meine Vergangenheit, die Abwesenheit, die Leere, das Nichts. Alles wird also weitervererbt, nichts wird geschenkt. Die Vergangenheit ist wie ein riesiger Schatz, aus dem man, wenn man durch das Leben geht, etwas mitnimmt: eine Brosche, eine Münze, einen Ring, es sei denn, man verliert es dann auf seinem Weg. Aber wenn uns alles vererbt wird, wenn alles aus diesem unerschöpflichen Brunnen kommt, dann konnte die Menschheit nur noch dem Schicksal der Dekadenz entgegengehen. Wenn es möglich wäre, den Gang der Zeit rückwärts zu beschreiten, zu den ersten Anfängen zurückzukehren, über die Köpfe unserer Vorfahren zu springen wie über Steine, die aus einem Fluß hervorragen, würde im Grunde jeder auf diesem Weg notgedrungen vollendete Wesen finden. Die Erde war also am Anfang von Göttern bevölkert, welche gleichermaßen bis zum Rand angefüllt waren mit allen Gütern, wie sie verdammt waren, diese durch die Generationen zu vergeuden. Wenn die Form der Nase oder die Farbe der Augen in unendlichen Varianten immer wieder auftauchen, woher kommt dann das Talent? Woher kommen die Genialität, die Phantasie, die schöpferische Kraft? Für mich war es nicht möglich zu glauben, daß alles schon in irgendeinem frühen Vorfahren vorhanden war, als rein fleischliches Erbe, und daß nichts auf dem Weg als Gabe des Geistes hinzugefügt worden war. Das dachte ich, als ich die Worte des Barons hörte, aber ich fragte mich, ob meine Gedanken richtig waren. Mich quälte der Verdacht, daß ich genauso handeln würde wie Kuno und sein Vater, wenn ich eines Tages meine Vergangenheit ausfindig machte, voll Dankbarkeit auf meine Ahnen schauen würde, wenigstens um mir die Illusion gegeben zu haben, daß der Tod sich dank dieser ewigen Hinterlassenschaft besiegen ließe. Konnte man der Angst vor dem Tod nicht entfliehen, wenn man sich davon überzeugte, daß man bereits vor der Geburt existiert hatte und daß der Blutslinie entlang nichts verlorenging? Aber wenn man ausschließt, daß es beim Sichdurchdringen der Körper auf der Umlaufbahn der Existenzen hin und wieder ein Aufblitzen, eine Gabe des Himmels und nicht des Plasmas gibt, dann muß man daraus schließen, daß der Bastard, das Findelkind, der Namenlose, dem niemand seine Vergangenheit enthüllt, bereits ein Ausgestoßener, ein lebender Toter ist.

Ohne es zu merken, sprach ich diese Dinge bereits aus. Seit wann redete ich? Gerade ich, der in diesen Tagen fast nicht den Mund geöffnet hatte, wurde davon überrascht, wie ich mit einem Nachdruck und einer Sicherheit sprach, die mir selber angst machte. Ich hörte, wie meine Stimme immer lauter wurde. Es war nicht möglich, sagte ich, daß das Talent nur die Summe einer Menge hier und dort in der Vergangenheit verstreuter Mittelmäßigkeit sei, das Talent kam nicht von dort, es war kein Erbe des Blutes, sondern eine Gabe des Geistes. Und indem ich mich immer mehr ereiferte, schloß ich mit folgenden Worten: »Ein Musiker, mag er auch aus der Vergangenheit die Voraussetzung oder die Liebe zur Musik mitgebracht haben, hat ohne diese Gabe keinen Erfolg.«

Ich hatte übertrieben, das merkte ich sofort. Kunos Vater wischte sich, von meinem Angriff überrascht, mehrfach die Mundwinkel mit der Leinenserviette ab und murmelte verwirrt:

»Das sind Ansichten ... Ansichten ... sicher ...«, aber die Worte blieben ihm in der Kehle stecken und überließen uns alle einer peinlichen Stille.

Und vielleicht hätte das Abendessen im Schweigen geendet, wenn nicht ein am Tisch sitzender Gast eingegriffen hätte, den ich zum ersten Mal sah.

»Sie glauben also, dieses Talent als Gabe erhalten zu haben. Aber wie, bitte, können Sie dessen so sicher sein?«

Der Mann, der diese Worte mit einer einschmeichelnden Stimme gesprochen hatte, war seit wenigen Tagen Gast im Schloß. Ich hatte ihn noch nicht sprechen gehört. Er saß an diesem Abend am Tisch ziemlich weit weg von mir, auf derselben Seite, so daß ich mich, um ihn sehen zu können, hätte vorbeugen müssen, so, wie er es in diesem Augenblick tat. Er hatte einen glänzenden kahlen Schädel und im übrigen das Aussehen eines Ministerialbeamten: Pinselschnurrbart, Brille, dunkler Anzug. Dennoch hätte ich sein Gesicht besser betrachten, mir fester in mein Gedächtnis einprägen müssen, wenigstens um ihn in Zukunft zu meiden.

»Also?«

Ich wußte nicht, was ich antworten sollte, ich fühlte

mich von seinem Blick, der mich durch die dicke Brille kalt fixierte, wie gelähmt.

»Ach geh«, mischte sich Kunos Mutter ein, »der Junge hat sicher Talent, das hat er bewiesen.« Dann, indem sie sich ihrem Sohn zuwandte: »Beide Jungen haben gezeigt, daß sie es haben.« Ich sah erleichtert, daß der Mann mit dem kahlen Schädel seine Rolle des Nachforschenden aufgab. Aber in diesem Augenblick stand Kuno ruckartig auf und verließ den Speisesaal.

An diesem Abend und am nächsten Tag richtete er kein Wort an mich. Er sprach erst einige Tage später mit mir, aber seine Wut war noch nicht verflogen. »Wie konntest du es an Respekt gegenüber meinem Vater fehlen lassen? Wie konntest du dich ihm gegenüber, der dich aufgenommen hat, so verhalten?«

»Ich habe nur meine Meinung geäußert.«

»Ach, wirklich? Das ist also deine Meinung? Das Talent soll eine Gabe sein, die nur wenige, wie du, haben und die allen anderen verwehrt ist?«

»Ich habe gesagt, daß das Talent eine Gabe und kein Erbe ist. Das ist alles.«

»Allerdings, das ist wahr«, sagte er mit einem höhnenden Lächeln, »von wem könntest du es geerbt haben, von deinem Vater, diesem Wurstmacher, vielleicht?«

»Das ist mein Stiefvater!« schrie ich. »Mein Vater war ... war ...«

Ich verstummte, meine Stimme war weg, mir war, als sei mein Kopf ein riesiger Platz, über den ein Windstoß hinwegfegt. Einen Moment lang wurde mir alles klar, aber das, was ich einen einzigen Augenblick lang zu verstehen schien, war im nächsten vergessen.

Nach ein paar Tagen beschloß ich, mich bei Kunos Vater zu entschuldigen. Ich traf ihn in seinem Arbeitszimmer. Vielleicht war es nur mein Eindruck, aber nachdem er meine Entschuldigung angenommen hatte, ohne Groll zu zeigen, äußerte der Baron bei dieser Gelegenheit ein Interesse an meiner Person, das ich niemals erwartet hätte. Er wollte alles über mich erfahren, über meine Familie, meine Leidenschaft für die Geige, und ich erzählte ihm kurz mein Leben. Er schien ernstlich betrübt über den kürzlichen Tod meiner Mutter, und als er mich entließ, schien er mir nicht nur verziehen zu haben, sondern empfahl mir auch, mich auf meine Gabe, die ich erhalten hatte, zu verlassen. Und dieser unabsichtliche Hinweis auf meinen unglücklichen Auftritt am anderen Abend ließ mich erröten. Etwas später bat ich auch Kuno um Verzeihung. Das Treffen mit dem Baron, seine Bereitwilligkeit und Großzügigkeit mir gegenüber hatten bewirkt, daß ich mich wegen meiner Ungezogenheit schämte. Und für eine kurze Zeit war es wie zuvor. Wenigstens scheinbar.

Einige Tage später kam ein gewisser Hans Benda, ein Musiker, Freund der Familie, ein imponierender Mann mit grauen Haaren, Bart und einem mürrischem Aussehen ins Schloß. Hans Benda war Pianist und außerdem ein ausgezeichneter Komponist. Beim Frühstück sagte er zu uns, er hätte von der Anwesenheit zweier

»junger Virtuosen« im Schloß erfahren und eine seiner Kompositionen mitgebracht: die *Sonate in e-Moll* für Klavier und zwei Konzertgeigen, und es würde ihn freuen, sie mit uns zu spielen. Angesichts einer neuen Partitur verhalten sich Musiker wie Kinder angesichts eines Geschenks: sie wollen es gleich auspacken, um zu sehen, um was es sich handelt. Wir bestanden darauf, bereits am Nachmittag zusammen die *Sonate* zu proben. Nachdem wir gegessen hatten, gingen wir in den Musiksaal, Benda testete den Neumayer-Flügel, dann zog er die Partitur heraus, gab uns unsere Parts. Kuno und ich fingen an zu spielen, die Noten verstanden wir auf den ersten Blick. Es war ein sehr schönes Stück, auf das Benda stolz war. Er führte uns mit wertvollen Vorschlägen und der Leidenschaftlichkeit eines Dirigenten. »*Piano, pianissimo* ...«, flüsterte er, und seine imponierende Gestalt schien kleiner zu werden, oder: »*Appassionato,* ja, an dieser Stelle *con brio* ...« Wenn seine eine Hand nichts auf der Tastatur zu tun hatte, hob er sie, an Stellen mit hohem Tempo, mit nach oben gedrehter Handfläche empor, als hebe er den Körper einer Ballerina am Rücken hoch; oder sank hinab, immer weiter hinab, um einen unsichtbaren Hund zu streicheln, wenn er meinte, daß unsere Töne noch zu laut für seine persönliche Vorstellung eines *pianissimo* waren. Es war ein schwieriges Stück, vor allem, weil wir uns nicht die geringste interpretatorische Freiheit erlauben durften, zumal der Urheber anwesend war und auch noch ein eher cholerisches Temperament hatte. Kuno hatte wie immer entschieden, sich den Part der ersten Violine vorzubehalten, der interessanter war, aber auch einige ziemlich schwierige Stellen enthielt. Im Adagio *un poco mosso*, dem sicherlich vorzüglichsten Satz in der ganzen *Sonate*, geriet er in ernste Schwierigkeiten. Jedesmal, wenn wir ihn wiederholten, schien es, als risse es Hans Benda das Herz aus dem Leib. Wir probten noch lange, aber es gab eine Stelle, an der Kuno sich regelmäßig verhaspelte. Zum Schluß wurde Benda ungeduldig. Eine Pause, meinte er, würde uns guttun. Kuno wollte sich aber nicht geschlagen geben und bestand darauf, weiter zu proben. Er war rot im Gesicht vor Ärger, und aus dem Ärger wurde Wut, als er ein letztes Mal ins Stocken geriet.

Nun tat ich etwas, das ich nie hätte tun dürfen und das ich noch heute bereue. Ich kann nicht einmal jetzt sagen, ob es für das geschah, was von unserer Freundschaft noch übriggeblieben war, ob es aus dem Wunsch heraus geschah, ihm zu helfen oder aus Unduldsamkeit, meinem zu lange unterdrückten Stolz, dem Wunsch nach Revanche. Während Kuno sich daranmachte, noch einmal diese tückische Passage zu versuchen, meinte ich, ihm zeigen zu müssen, wie man sie spiele, und trug sie mit diabolischer Leichtigkeit vor, sogar ohne auf die Partitur zu schauen.

»Bravo«, sagte Benda, als er hörte, daß seiner Musik Gerechtigkeit widerfuhr. »Sehr gut. Vielleicht wäre es besser, wenn ihr die Parts tauscht.«

Kuno, kurz zuvor noch rot, war jetzt fahl im Gesicht

geworden. Die Geige und der Bogen hingen an seinen Seiten herab wie zwei gebrochene Flügel. Er starrte ungläubig auf die Partitur, als ob er einem Verräter ins Gesicht schaute.

»Es wird besser sein, wenn wir später weitermachen«, hauchte er und kehrte uns den Rücken zu, als wollte er weggehen, doch plötzlich drehte er sich um sich selbst, stürzte, von unkontrollierbaren Zuckungen geschüttelt, zu Boden. Benda und ich eilten ihm zu Hilfe, aber Kuno schlug auf dem Boden weiter um sich, sein Gesicht war verzerrt, die Augen verdreht, und aus dem zusammengepreßten Mund quoll schäumender Speichel. Wir riefen um Hilfe. Doktor Egony gelang es, die Kiefer auseinanderzudrücken und ihm einen Finger in den Mund zu stecken, um seine Zunge herauszuziehen, an der er sonst erstickt wäre. In meinem Dorf gab es einen Jungen, der von solchen Anfällen gepackt zu Boden fiel. Ich wußte, worum es sich handelte, und beobachtete erschrocken die Szene. Dann nahm mich Kunos Mutter an der Schulter und führte mich weg. »Es ist nichts«, sagte sie, »es ist nichts. Er hat nur zuviel Sonne bekommen, das ist es gewesen.«

Kuno wurde in sein Zimmer gebracht und ins Bett gelegt. Am folgenden Tag wechselten an seinem Kopfende weitere Ärzte einander ab. Ich sah, wie sie mit Kunos Eltern sprachen, die ernst nickten. Ich hielt mich fern. Gern hätte ich ihn besucht, aber es wurde mir nicht erlaubt. Ich fühlte mich für das Geschehene schuldig und überlegte, wie er sich nach dem, was passiert war, mir gegenüber verhalten würde. Ohne ihn wagte ich es nicht mehr, mich an den Tisch zu setzen. Auch am Abend blieb ich fern. Im übrigen schien sich niemand wegen meiner Abwesenheit zu sorgen. Als ich diesen Tisch aus einer gewissen Entfernung ansah, von Gesichtern umgeben, auf die das wechselnde Licht der Kerzen groteske Mienen zeichnete, schien er mir ganz und gar unwirklich.

In dieser Nacht hatte ich einen Traum, der mich aus dem Schlaf auffahren ließ. Ich hatte geträumt, daß ich auf jene Tür zuging, die Kuno mir bei meiner Ankunft gezeigt hatte, und ich in diese Zimmer trat, »die seit mindestens einem Jahrhundert kein Licht mehr gesehen haben«. Zu meiner großen Überraschung war ich durch die geschlossene Tür gegangen und schritt weiter, dicht an der Wand entlang, ein wenig in der Luft schwebend, um einem Haufen von Möbeln und auf dem Boden übereinanderliegenden Gegenständen aus dem Weg zu gehen. Und als ich sie mit einer magischen Leichtigkeit hinter mir gelassen hatte, ging ich auf die hintere Wand zu, an der das Bild eines in der Mode des siebzehnten Jahrhunderts gekleideten Edelmannes ins Auge stach. Er saß in einem vergoldeten Armstuhl und hielt etwas in der Hand, das ich nicht klar erkennen konnte. Ich konnte nicht rechtzeitig innehalten, und die bemalte Wand zerriß vor mir wie ein Spinnennetz. Kurz darauf fand ich mich auf einem Pfad in freier

Landschaft wieder. Ich ging auf meinen Vater zu. Er saß jedoch nicht, wie ich ihn mir immer vorgestellt hatte, auf dem Rücken eines Fuchses, er trug auch weder Säbel noch Uniform. Er saß am Wegrand und drehte mir den Rücken zu. Als ich näherkam, merkte ich, aber ohne überrascht zu sein, daß er das Aussehen des Barons Blau hatte. Er war umringt von einer Gruppe von Freunden, die redeten, und ihre Stimmen vermischten sich in einem Maße, daß nicht zu verstehen war, was sie sagten. Ich erreichte meinen Vater, sah ihm über die Schulter und entdeckte auf seinen Knien meine Geige. An dieser Stelle erwachte ich. Mein Herz schlug heftig. Das Ticken der Uhr im Zimmer antwortete auf das etwas weiter entfernte einer Pendeluhr im Korridor. Sonst war die Stille dicht und undurchdringlich; sogar bestimmte Geräusche wie der Schrei eines Nachtvogels oder das Gekläff eines Hundes schienen verbannt, ausgeschlossen, rührten nicht an der Tiefe der Ruhe. Die Bilder dieses Traumes wirbelten weiter in meinem Kopf umher, als wollten sie sich zu einer einzigen großen Gestalt zusammensetzen. Aber sobald ich die Gestalt zu erblicken meinte, verschwand sie. Ich wußte nicht, ob es ein Verdacht oder eine Erinnerung war, sicher versuchte jedoch etwas in mir, sich einen Weg zu bahnen. Es war das Gefühl, das man manchmal empfindet, wenn man im Rauschen des Wassers einen Satz oder einen Gesang im Klang der Glocken zu hören oder im lauten Durcheinanderreden einer Menschengruppe zufällig bestimmte Worte zu erfassen meint, die sich aber miteinander verbinden und einen vollständigen Satz bilden. Mir fiel ein, daß vor ein paar Tagen, während der Baron sich mit einigen seiner ehemaligen Kommilitonen an die Kriegszeiten erinnerte, der Name meines Geburtsortes gefallen war. Und jetzt schien mir der Sinn dieses Satzes plötzlich vollständig. »Wie damals«, hatte der Baron gesagt, »als unser Regiment in Nagyret stationiert war ...«

In diesem Augenblick schnellte in mir etwas los, wie eine unbezwingbare Feder. Plötzlich erhärtete sich eine ganze Reihe schwacher Indizien zu einer unangreifbaren Gewißheit. Es war wie bei bestimmten Uhren, die als defekt gelten, die seit vielen Jahren niemand mehr angerührt hat und die sich eines Tages überraschenderweise von selbst wieder in Gang setzen.

Ich fuhr im Bett hoch und machte die Lampe an. Ich fühlte in mir Glück und Angst. Niemals in meinem Leben ist mein Kopf so exaltiert und verwirrt gewesen. Es war ein immenser und unmöglicher Gedanke gleichzeitig. Meine Existenz strahlte, verscheuchte jeden Schatten, jedes Rätsel.

Stundenlang wälzten sich meine Gedanken immer weiter fort, einer verdrängte den anderen. Ich fragte mich, ob es womöglich so gewesen sei, daß meine Leidenschaft für die Musik nur eine Laune des Schicksals war, um mich meine Vergangenheit aufspüren zu lassen. Es schien mir wie ein Wunder: Meine Geige hatte mich ins väterliche Haus geführt. Jetzt wurde alles klar: Es war nicht Kunos Bogen, der die Aufmerksamkeit des Barons auf sich gezogen hatte, sondern mein unverwechselbares Instrument, das er meiner Mutter hinterlassen hatte, während des Krieges, »als er in Nagyret stationiert war«, und das er nach so vielen Jahren unerklärlicherweise vor sich hatte.

Auch ich hatte also einen Vater, auch ich hatte hinter mir einen Stamm, einen Platz auf dem Zweig, wenn auch auf dem der Bastarde, auch ich würde vor dem Vergessen und dem Tod gerettet. Auch in meinen Adern floß das Blut der Blau. Und Kuno war mein Bruder. So erklärte sich also die Anziehungskraft, die wir vom ersten Augenblick an zwischen uns spürten und die ich irrtümlicherweise der gemeinsamen Leidenschaft für die Musik zugeschrieben hatte. Deshalb hatte ich also geglaubt, in ihm mich selbst zu sehen.

Die ganze Nacht blieb ich wach, die Gedanken quälten mich. Ich wagte nicht einzuschlafen, aus Angst, sie im Schlaf zu verlieren. Aber das erste Licht der Morgendämmerung gab mir einen etwas vorsichtigeren Sinn für die Realität zurück. Alles war klar, aber nichts war sicher. Diese Wahrheit konnte man nicht in alle Winde hinausposaunen, wie ich es gewollt hätte. Ich erlegte mir ein ungeschriebenes, aber unbeugsames Gesetz auf. Ich mußte mich mit dem Verzicht auf jeden Anspruch abfinden und alles in mir versiegeln als das schrecklichste aller Geheimnisse. Nur wenn man sie ausspricht, bekommen die Dinge Leben. Unausgesprochen verliert auch die einleuchtendste Wahrheit ihre Existenzberechtigung. War es vielleicht das, was der

Baron mir mit seiner Anspielung auf die Gabe, die ich erhalten hatte, sagen wollte? Daß ich mich mit der Vermutung, also dem Schweigen, zufriedengeben müßte? Zugleich wurde mir bewußt, daß für mich, wie es die Regel will, die Stunde gekommen war zu gehen, meine Person weit wegzubringen mit dem stillschweigenden Versprechen, niemals zurückzukehren.

Dennoch spürte ich, als ich an diesem Morgen schon zu früher Stunde, wie es meine Gewohnheit war, die Treppen hinabging, daß ich auf einem Boden lief, der mir gehörte. Ich betrachtete die Ahnengalerie, suchte nach Ähnlichkeiten, und meine Phantasie war so angeregt, daß ich keine Schwierigkeit hatte, sie zu finden. Es war eine neue Art, durch diese Räume zu schreiten, ohne jede Angst auf die Dienerschaft zu schauen. Selbst dem Diener gegenüber, der mit den Sohlen einen Korridor entlangschlurfte, fühlte ich mich berechtigt, ihm einen Befehl zu geben: daß ich meine Abreise für den nächsten Morgen vorbereitete, sagte ich mit fester Stimme, und er Baron Kuno die Nachricht überbringen solle, daß ich ihn zu treffen wünschte. Der Diener nickte in seinem mit den Jahren verfeinerten Stil und entfernte sich. Ich wartete in einem Sessel. Mehr als eine Stunde verging. Ich sah den Diener am Ende des Korridors auftauchen und auf mich zukommen, aber sein Gang war derart langsam, daß ich glaubte, der Fußboden liefe in entgegengesetzter Richtung zu seinen Schritten. Als er bei mir angelangt war, sagte er: »Baron Kuno wird Sie empfangen, aber er wünscht, daß Sie zuvor die oberen Räume besichtigen.« Er gab mir einen Schlüssel und ging mit einer Kehrtwendung wieder an seine Aufgaben. Ich weiß nicht, wie lange ich dort gesessen habe. Kuno mißtraute mir. Schließlich faßte ich einen Entschluß, und bevor das Schloß wieder zum Leben erwachte, stieg ich die Treppe hinauf, öffnete diese Tür ...

Ich befand mich in einem riesigen Salon, in dem Möbel, Koffer, Stoffballen und die Reste dessen, was für mich wie der Hintergrund einer Bühne aussah, aufgestapelt waren. Ich fand nicht ohne Schwierigkeiten einen Weg durch all diese Hindernisse. Ich wurde von einem Vorhang aus dickem grünen Samt angezogen, der den Salon in zwei Teile trennte und wie ein Theatervorhang angebracht war. Ich ging auf ihn zu, schob ein Ende beiseite und wirbelte dabei Staubflocken auf. Ich sah es nicht sofort. Ich mußte noch ein paar Schritte weitergehen. Es stand unter dem Fenster an die Wand gelehnt, zusammen mit anderen Ölbildern, die teilweise von Mäusen angenagt waren. Es hatte dieselben Maße wie die blassen Spuren, die ich an der Wand in meinem Zimmer über der Kommode bemerkt hatte. War es von dort entfernt worden, weil ich es nicht sehen sollte? Es war nicht das große Bild, von dem ich geträumt hatte, es war kleiner und hatte einen dunklen Rahmen. Auch der Edelmann, der darauf abgebildet war, ähnelte nicht dem, den ich in dieser Nacht im Traum gesehen hatte, obwohl er ebenfalls etwas in der Hand hielt, vielleicht einen Spazierstock, den ich jedoch wegen des Halbdunkels nicht erkennen konnte. Ich ging noch näher heran. Es war kein Spazierstock, sondern ein zusammengerolltes Bündel Notenpapier. Und das, was ich bereits zu finden erwartete, lag dort, zu seinen Füßen: eine Geige. Meine Geige. Der Maler hatte sie in den kleinsten Kleinigkeiten abgebildet, einschließlich des Kopfes, der im Vordergrund zu sehen war, mit dem grausamen und leidvollen Gesicht.

Ich betrachtete das Gemälde lange in einer Art klarsichtiger Ohnmacht. Es war in jeder Hinsicht der unwiderlegbare Beweis für meine Vermutungen. Ich weiß nicht, ob Minuten oder Stunden vergingen. Ich wurde des Anschauens nicht müde. Bis mich ein Geräusch hinter mir aufrüttelte. Es war der Diener, der in einer Haltung geduldigen Wartens dort stand. Wie lange war er schon dagewesen? Auf seinen Wangen, die mit großer Sorgfalt rasiert waren, verzweigten sich Traubenäste hochroter Äderchen. Ich sah, daß er ein wenig lächelte. Einen Augenblick lang glaubte ich, es wäre ein böses Lächeln, aber dann bemerkte ich in seinen farblosen Augen einen Glanz unendlichen Verständnisses, das wir nur bei demjenigen vermuten, der die Weisheit erlangt hat. Er war hierhergekommen, um mir mitzuteilen, daß Baron Kuno bereit sei, mich zu empfangen. Die Etikette verlangte jedoch, daß er mich begleitete. Es war ein langsamer, ein sehr langsamer Gang. Schließlich schritt ich über die Schwelle in das Zimmer meines Bruders.

Kuno lag im Bett, sein Rücken wurde von Kissen gestützt. Das Gesicht war noch blaß, aber seine Züge zeigten keine Spur des Leidens.

»Du bist gekommen, um mir vor deiner Abfahrt Lebewohl zu sagen? Setz dich.« Aber ich blieb dort stehen, wo ich war, am Fuße des Bettes.

»Bevor du gehst, sollst du etwas erfahren«, sagte er. »Mein Vater hatte einst Geige gespielt, und zwar so passioniert, daß er immer eine bei sich hatte, auf all seinen Reisen. Besonders von einem Instrument wollte er sich niemals trennen, es war fast ein Talisman. Und als er in den Krieg zog, nahm er die Geige mit an die Front. Wo sie ihm geraubt wurde. Deshalb habe ich dich gebeten, sie mir zu geben, denn diese Geige gehört dir nicht. Ich weiß nicht, wie sie in deine Hände gelangt ist, aber wer auch immer sie dir gegeben hat, vielleicht auch dein Vater, wußte, daß er ein Gauner war.«

Jenö Varga erhob sich schwankend von seinem Stuhl. Er war erschöpft. Er trank die letzten Tropfen aus der leeren Schnapsflasche und steckte sie wieder in seine Tasche. Auch er schien leer, schien lediglich eine Hülle aus schmutzigen Kleidern zu sein. Ich sah mich um. Die Nacht hatte ihren Höhepunkt erreicht. Wien lag endlich schlafend da, in einem vom Gesang der Nachtigallen durchbrochenen Schweigen.
Der Mann rückte seinen Mantel an den Schultern zurecht, setzte seine Melone auf den Kopf, hängte sich die Geige wieder um und verabschiedete sich von mir:
»Ich wünsche Ihnen eine gute Nacht, mein Herr.« Er gähnte, kehrte mir den Rücken zu und ging über den Hof davon. Ich folgte ihm.
»Einen Moment, nur einen Moment«, sagte ich, merkte aber dabei, daß ich schrie. Auf der anderen Seite der Straße drehte sich ein Passant – der letzte Nachtschwärmer oder der erste Frühaufsteher? – um und schaute zu uns herüber.

Bei meinem Ruf blieb Varga stehen und steckte sich das Hemd in die Hose, ging aber sofort weiter.
»Einen Moment!«
Ich erreichte ihn und ging neben ihm her. »Gestatten Sie, daß ich Sie begleite. Die Geschichte ist noch nicht beendet. Und Sophie? Haben Sie sie wiedergesehen? Was ist aus ihr geworden?«
Er blieb stehen, wie bestürzt über diese unverzeihliche Vergeßlichkeit. Wir gingen zusammen ein Stück die Straße hinunter, und schließlich fing er wieder an zu sprechen.
Nachdem ich aus Hofstain wie ein Dieb geflohen war, kehrte ich nach Wien in meine Unterkunft zurück, und zum ersten Mal sah ich ihre ganze Armseligkeit. In diesen Tagen dachte ich an den Tod. Alles lief auf diesen Gedanken hinaus. Wenn ich mich aus dem Fenster meiner Mansarde lehnte, erschien mir der Innenhof wie ein verwüsteter Friedhof: auf dem Boden verstreute Steine und regentriefende Steinengel mit Rotz an der Nase. Tagelang rührte ich die Geige kaum an, ich glaubte, ihre Stimme hätte allen Glanz verloren. Mir war sogar der Verdacht gekommen, daß die Feuchtigkeit, die in diesen Dachraum drang, sie unwiderbringlich beschädigt hatte. In Wirklichkeit konnte ich keinen Trost mehr bei ihr finden. Vielleicht war das geschehen, was ich immer gefürchtet hatte: die Musik hatte mich im Stich gelassen, und ich hatte keine Kraft mehr, sie zurückzurufen. Ich versuchte zu spielen, zu üben, wie ich es immer getan hatte, aber jeder Takt war ein leeres

Zimmer mit einer verzerrten Akustik. Und wenn ich die Geige in den Kasten legte, sah ich sie mit ihrem Löwengesicht wie eine würdevolle Chimäre in ihrem Sarg liegen.

Ich begann mich zu fragen, ob es auf der Welt noch einen Platz für die Musik gab. Um mich herum nahm ich alarmierende Zeichen wahr. Eines Tages mußte ich, als ich die Treppen hinabstieg, stehenbleiben und warten, weil vier fluchende Träger ein Klavier mit angelegten Gurten nach unten schleppten und bei jedem Schritt die Musik verwünschten und alle, die sich mit ihr abgaben. Der Bariton war wegen Schulden im Gefängnis gelandet, und seine einzige Habe wurde verpfändet. Ich würde ihn nie mehr seine leidenschaftlichen Liebeslieder singen hören. Und einige Tage später erblickte ich, deutlich sichtbar im Schaufenster des Gemüsehändlers angebracht, ein Schild mit der Aufschrift: »Musiker erhalten keinen Kredit.« War es die Möglichkeit? Ein derartiges Schild in der Hauptstadt der Musik? Doch Musik in Wien, das waren jetzt die Militärmärsche: auf der Straße, im Radio hörte man nichts anderes als Trommelwirbel und Geschmetter von Blechinstrumenten. Welche Rolle würde meine Geige bei solchen martialischen Klängen spielen, fragte ich mich. Vielleicht die Rolle, die Truppen in der Erholungszeit aufzuheitern. Ich würde in einer Kaserne oder in einem Unterstand nostalgische Volksweisen spielen müssen. Oder ich würde selber ein Gewehr in die Hand nehmen müssen.

Zum ersten Mal wurde mir bewußt, daß die Welt sich verändert hatte, als hätte sie ihr eigenes Licht verloren. Ich ertrug es nicht mehr, unter Leuten zu sein, ich erkannte sie nicht mehr als meinesgleichen, ich teilte ihre Ideale nicht, ich verstand sie nicht. Wenn ich durch die Straßen und über die Plätze ging, spürte ich Panik in mir aufsteigen. Die Menschen waren zu einer Masse geworden, zu einer dumpfen Masse, von der Ohnmacht getrieben, die in der strengen Planimetrie der Stadt zusammenströmte. Es war eine blinde Sucht, sich anzuschließen. Keiner wollte mit seinem eigenen Gewissen allein bleiben. Alle verließen die Stille der Kirchen und der Häuser, die temperierte Wärme der Altarkerzen und der Tischlampen, sie klappten das eigene Buch und das eigene Meßbuch zu und gingen hinaus, um sich unter die anderen zu mischen, um die Schreihälse zu hören, die die Vorzeichen der Katastrophe ankündigten. Das verbreitetste Schauspiel war die Versammlung, die Debatte auf der Straße. An den Straßenecken stiegen Menschen auf eine umgedrehte Kiste und fingen an, vor der Menge eine Rede zu halten. Vor einer Menge, die dann von berittener Polizei angegriffen und auseinandergetrieben wurde. Nie in meinem Leben hatte ich so große Menschenmassen gesehen, nie in den Augen der Menschen einen so festlichen und zugleich tragischen Glanz. Vermutlich hatte man nicht einmal den Messias auf solche Weise erwartet.

Was Sophie betrifft: sie hatte ich jetzt vergessen. Es war, als hätte ich in Hofstain einen Teil meiner selbst zurückgelassen, und der übriggebliebene, der verstört durch die Straßen Wiens lief, war jetzt ein Wesen ohne Ideale. Ich war überzeugt, daß ich nicht mehr spielen würde, daß die Verführungskraft der Musik in mir für immer erloschen war und mit ihr auch Sophies Bild und jeder Traum von Liebe und Perfektion. An einem nicht mehr fernen Tag würde ich an die Tür des Betriebs meines Stiefvaters klopfen und sagen: »Hier bin ich!« Und diese meine Entscheidung würde mir auch Vorteile bringen, ich würde einen dunklen Anzug anziehen mit einer schönen Kette und goldener Uhr, würde reisen und sie vielleicht auf einer dieser Reisen treffen, ach, nicht, wie ich es immer gedacht hatte, nein, ich würde sie von fern sehen, ihr vielleicht in irgendeinem Hotel über den Weg laufen und darum bitten, das Zimmer über ihr zu bekommen, um mich hinzulegen und mit dem Ohr am Boden zu lauschen.

Eines Tages, als ich durch die Straßen der Stadt streifte, wurde ich von einem frisch an einen Bretterzaun geklebten Plakat angezogen. Ich ging näher heran und las eine wundervolle Nachricht: Konzert von Sophie Hirschbaum in Wien. Das Leben schien wieder in mir zu pulsieren. Einen Augenblick lang hatte ich die Illusion, daß die Welt, meine Welt, nicht ganz vorbei war. Auf diese Weise sah ich sie nach fünf Jahren wieder. Ich hatte einen Preis für einen Platz im Parkett bezahlt, der in keinem Verhältnis zu meinen Möglichkeiten stand.

Ich fragte mich trotzdem, ob sie mich an der Stelle, an der ich saß, würde sehen können. Und dann, ob sie mich wiedererkennen würde. Ich war jetzt ein erwachsener Mann, und wenn sie sich dennoch an mich erinnerte, war das Bild, das sie bewahrte, das eines Kindes. Sie erschien höchst elegant, in einem langen Kleid aus schwarzer Seide mit einer um die Taille gebundenen scharlachroten Schleife. Mir kam es vor, als sei ihr Bild eine Illusion aus sich kreuzenden, geschickt dosierten Lichtbündeln, ein labiles Gleichgewicht, das jeder unvorhergesehene Schatten hätte erschüttern können. Ich sah ihren ernsten Gesichtsausdruck wieder, ihre herausfordernde Miene. Ich hatte den Eindruck, als sähe sie mich direkt an, aber vermutlich hatten alle im Parkett die gleichen Empfindung. Und plötzlich fühlte ich mich von Panik ergriffen, mein Herz begann schneller zu schlagen. Ich spürte, daß Sophie in Gefahr war, daß wir alle in Gefahr waren, daß wir etwas tun mußten. Alles schien kurz davor, im nächsten Augenblick zu zerbröckeln. War es möglich, fragte ich mich, daß niemand unter den Anwesenden bemerkte, was geschehen wird, da in diesen Gesichtern nicht die geringste Beunruhigung zu erkennen war? Weder die Orchestermitglieder noch der Dirigent – es war Joachim Boehme – schienen die geringste Besorgnis zu zeigen. Wie machten sie es, fragte ich mich, so still zu sitzen und auf den Beginn zu warten, mit ihren Instrumenten in der Hand und die Gesichter auf das Parkett gerichtet, ohne das, was in der Luft hing, zu spüren. Alle, an der Spitze Sophie, machten sich bereit zum Musizieren, alle Gesetze des täglichen Lebens, alle Regeln der gemeinschaftlichen Existenz umzustürzen, und es gelang ihnen, dies mit unglaublicher Sorglosigkeit zu tun. Sie saßen vor ihren Partituren voller schwarzer, geschwänzter Punkte und warteten darauf, einer Handbewegung in vollem Gleichklang zu gehorchen, die zugleich Befehl und Unterwerfung war.

Nachdem sich Sophie zu einem schnellen vertraulichen Gespräch mit dem ersten Violinisten herabgebeugt hatte, um die Höhe des Kammertons zu prüfen, hob sie mit einem Male den Kopf, als ob ihr die Zukunft in völliger Klarheit eröffnet worden wäre, und gab dem Dirigenten ein Zeichen der Zustimmung, der sofort mit dem Allegro, dem ersten Satz des *Konzerts für Violine und Orchester* von Mendelssohn, begann. Schon bei den ersten Noten wurde das Gefühl einer unmittelbar bevorstehenden Bedrohung noch stärker. Ich war versucht aufzustehen und zu rufen: »Hört auf! Merkt ihr nicht, was sich anbahnt?« Als würde von weit her noch einmal der Lärm zu mir dringen, den ich zwei Stunden am Tag zweihundertvierzig Tage im Jahr fünf Jahre lang am Collegium Musicum gehört hatte: der Lärm eines herannahenden Wirbelsturms, der sich seinen Weg mit Krachen der unter seiner Wut zusammenbrechenden Baumstämme bahnte, der Äste abbricht und schreiende Vogelschwärme aufscheucht, die zu Tausenden Zuflucht suchen. Die Welt ging ihrer Auflösung entgegen, und keiner schien es zu bemerken: nicht einmal die Orchestermitglieder, der Dirigent, die Solistin, meine angebetete Sophie, sogar sie schloß die Augen, zelebrierte weiter die Ordnung, den Rhythmus, die Harmonie. Sie sollten aufhören, sagte ich mir, schweigen, die Ohren spitzen, um zu hören, von welcher Seite die Gefahr herankam. Und während des zweiten Satzes, mitten im Andante, nahm hinter mir dieses Gefühl Gestalt an in einer Art weit entfernten Chorgesangs aus geschlossenen Mündern, ein Murmeln, das langsam anschwoll. Bis auch die anderen um mich herum ihn hörten. Er kam hinten aus dem Saal, und die Leute begannen sich umzudrehen, und schließlich merkte es einer, der die Störer zum Schweigen zu bringen suchte. Er täuschte sich. Als ob es genügte, seine Empörung zu zeigen und pst zu machen! Das Murmeln wurde immer lauter, von Füßestampfen rhythmisiert, bis es schließlich zu einem unerträglichen Getöse anschwoll, und das Konzert auf ein Zeichen des Dirigenten unterbrochen wurde. Die Lichter gingen an, auf der Galerie war eine Rauferei ausgebrochen, nach Worten war man zu Beleidigungen und Ohrfeigen übergegangen. Kurz darauf drang die Polizei ein und entfernte die Störer aus dem Saal. Die Lichter erloschen erneut, nur von der Galerie drang weiterhin das Lichtbündel einer Taschenlampe. Außerhalb des Saales war der Tumult jedoch noch nicht beendet. Im Foyer hörte man noch Stimmen, von der Straße drang noch das Krachen von Böllern und das Schreien jener herein, die unverständliche Parolen skandierten.

Das Konzert ging weiter und wurde zu Ende gebracht. Aber am Schluß gab es neben Applaus aus dem hinteren Teil des Saales auch Pfiffe, so viele Pfiffe, daß sie den Applaus übertönten. Die Leute begannen aufzubrechen. Sophie Hirschbaum, die große Violinistin, der das Publikum immer zugejubelt hatte, bis sie zu endlosen Zugaben gezwungen war, hätte sich an diesem Abend nicht noch einmal verbeugen müssen, wenn Boehme sie nicht an der Hand genommen und sie gezwungen hätte, vor die Gruppe der Begeisterten (ich an erster Stelle) zu treten, die sich die Hände wundklatschten. Als ich nun sehr nahe an der Bühne stand, sah ich in dieses Gesicht, das mich in all diesen Jahren erfüllt, aber noch nicht besänftigt hatte.

Und jetzt gingen die Menschen. Es schien, als würden sich alle nach den im Büro des Betriebs meines Stiefvaters angeschlagenen Feuerschutzbestimmungen richten. Angesichts der Gefahr verließen sie »umgehend, aber ohne Panik« den Saal. Ich nutzte das Durcheinander, ging zur Bühne, war wenig später bereits mitten unter den Instrumentalisten, die sich vor den Ankleideräumen drängten, und rief laut nach Sophie. Irgend jemand zeigte mir einen Korridor, den ich bis ans Ende lief, fand aber nur ein leeres, nicht nur leeres, sondern, so könnte man sagen, ein in großer Eile verlassenes Ankleidezimmer. Ich folgte einem Pfeil an der Wand, der zum Künstlerausgang wies, und kam gerade noch rechtzeitig, um zu sehen, wie sie auf eine offene Autotür zuging, durch eine gestikulierende Menge, vor der

sie Boehme selbst – noch im Frack – zu schützen suchte, indem er sie mit seinem Körper abschirmte, die Arme wie die Flügel einer Glucke ausgebreitet. Bis das Auto hupend davonfuhr.
Ich trat ins Freie und mischte mich unter die Menschen, die noch immer in die Richtung gestikulierten, in die sich das Auto entfernt hatte. Und es waren bestimmt keine Bewunderer, die dort am Künstlereingang gewartet hatten. Ich lief zwischen ihnen hindurch, hörte ihnen zu, versuchte den Grund ihrer Wut zu verstehen. Es war eine anonyme Masse, die in ihrem Stumpfsinn von einem Fanal der Gewalt angezogen worden war, von etwas, das ihre unterdrückten niedrigen Instinkte zu befriedigen versprach, eine Menge, die in einer Art schlafwandlerischen Staunens gekommen war, um einer Lynchjustiz, einer Hinrichtung beizuwohnen, die tobte und sich zusammenrottete, um zu sehen, was geschah, eine wogende Menge, die »umgehend, aber ohne Panik« ihrem Verderben weiter entgegenging, der Rettung den Rücken kehrte, blindlings zum Ort der eigenen Vernichtung geführt wurde.
Nachdem ich mich von diesen Leibern gelöst hatte, ging ich am Theatereingang vorbei. Überall auf der Treppe flogen Papierfetzen herum. Plakate und Programme waren von den Wänden gerissen worden, die jetzt mit beleidigenden Aufschriften und Hakenkreuzen bedeckt waren.

Einige Tage später hörte ich ein Klopfen an meiner Tür. Ich ging hin, um zu öffnen. Es war ein Mann mit glattrasiertem Schädel, modisch geschnittenem Schnurrbart, einer Brille mit dicken Gläsern, einschmeichelnder Stimme. Ich erkannte ihn sofort. In Hofstain hatte er mich eines Abends gefragt, was mich meines Talentes so sicher sein ließ. Er war Beamter, meine Einschätzung hatte mich nicht getäuscht, ein Polizeibeamter. Er bat mich um meine Geige. Er zeigte mir ein Dokument von 1698, das den Kauf von seiten eines Johann Blau bestätigte. Jetzt verlangte Kuno Blau also die Rückgabe des Instruments. Wollte ich einen Prozeß anstrengen? Die Erinnerung meines Vaters verletzt sehen? Als Hehler verurteilt werden? Der Mann mit dem glattrasierten Schädel sprach mit einem unverhofften Wohlwollen zu mir: ihm täte die unangenehme Situation leid, die sich ergeben hatte, er verstände meine Bestürzung. Aber es gäbe keinen Ausweg. Es wäre nicht angebracht, eine gestohlene Geige behalten zu wollen, wenn man wußte, daß sie gestohlen war. Ich sagte nichts. Ich sah meine Geige ein letztes Mal an, bevor ich den Kasten schloß. Der Mann mit dem glattrasierten Schädel trat näher und nahm sie. Er ging zur Tür. Ich rührte mich nicht. Meine Fügsamkeit schien ihn zu rühren, und bevor er hinausging, schenkte er mir ein ermutigendes Lächeln. »Mut, mein Junge, die Welt ist voller guter Geigen, und wenn man Talent hat ...« Aber er wußte nicht, daß für mich alles verloren war.
Einige Monate später besetzten die Truppen des Drit-

ten Reichs Österreich, ohne daß ein Schuß fiel; sie wurden sogar mit offenen Armen empfangen. Im März 1939 meldete ich mich freiwillig. Im September brach der Krieg aus. Ich wurde an die Westfront geschickt und dann an die russische. Und ich hatte das Glück, lebend wieder nach Hause zu kommen. Aber in welches Haus? Mein Stiefvater war gestorben. Ich wußte, daß er Heereslieferant gewesen, die Fabrik von den Bomben schwer getroffen worden war und er verbissen mit dem Wiederaufbau begonnen hatte. Aber 1946 war er bei einem Verkehrsunfall ums Leben gekommen. Über Kuno Blau erfuhr ich gar nichts mehr. Sophie war, nachdem sie das Lager in Treblinka überlebt hatte, in einem Schweizer Sanatorium der Schwindsucht erlegen. Und ich folgte ihr. So wie ich geschworen hatte, daß ich es im Leben tun würde, tat ich es auch im Tod.

Ich verstand nicht, was Varga mit den letzten Worten sagen wollte. In diesem Augenblick war mein einziger Gedanke, ihn nicht aus den Augen zu verlieren. Der Mann hatte begonnen, größere Schritte zu machen, so daß ich Mühe hatte, ihm zu folgen.
»Sehe ich Sie wieder?« fragte ich ihn.
»Ich glaube nicht, daß wir uns wiedersehen, ich kehre nach Hause zurück, aber wenn Ihnen daran gelegen ist, besuchen Sie mich, da unten kennen mich alle.«
Ich folgte ihm noch ein Stück, doch dann duldete ich es, daß er mich weit hinter sich ließ. Er drehte sich noch einmal nach mir um: »Denken Sie daran«, rief er, »die Musiker sind vom Stamme Kains, Genesis 4, 21.« Und als er das gesagt hatte, begann er fast zu rennen, so daß sich der Wind in seinem Mantel fing und ihn aufblähte, und ich erwartete jeden Augenblick, daß er zu einem Sprung ansetzte und sich im Flug über die Dächer zum jetzt durchscheinenden Himmel erhob. Ich folgte ihm noch, wurde immer langsamer, bis ich ihn schließlich an einer Ecke aus den Augen verlor.

Ich kehrte bei der ersten Morgendämmerung ins Hotel zurück und ging gar nicht erst ins Bett, sondern nahm Papier und Feder und begann aufzuschreiben, was ich im Gedächtnis behalten hatte. Ich glaubte, die Grundlagen für eine Geschichte zu haben. Ich arbeitete den ganzen Tag bis zum späten Abend, bis ich vom Schlaf besiegt zusammenbrach. Am nächsten Morgen las ich meine frenetischen Aufzeichnungen durch, aber in meinem Kopf verblaßte schon alles, und viele Dinge schienen mir ohne Sinn.

Ich blieb noch ein paar Tage in Wien und begann mit meinen Recherchen in den Zeitschriften und Musikschulen. Es gelang mir, mit einigen Musikern zu sprechen, die ihre Ausbildung in den dreißiger Jahren erhalten hatten, aber niemand konnte mir etwas über ein Institut mit dem Namen Collegium Musicum sagen, und auch nichts darüber, ob in den Konservatorien jener Zeit eine strenge Disziplin angewandt wurde, über Schulen, die derart harte Lehrmethoden praktizierten. Und auch über eine Violinistin namens Sophie Hirschbaum konnte ich nichts finden. Offensichtlich hatte mein Erzähler, wie es üblich ist, die Namen der Orte und der Personen geändert. Ich nahm meine Rundgänge durch die Stadt wieder auf in der Hoffnung, ihn wiederzutreffen, mehrere Tage lang lief ich die Straßen auf und ab, wo ich ihn zuletzt getroffen hatte, aber ohne Erfolg. Ich suchte auch in allen Nachtunterkünften, in allen sozialen Hilfseinrichtungen, in jeder frommen Wohltätigkeitsstelle, aber über einen herumziehenden Musikanten mit dem Namen Jenö Varga konnte mir niemand etwas sagen.

Mittlerweile war ich im Begriff, Wien zu verlassen. Vielleicht hatte ich vor einigen Abenden in Grinzing einen Träumer getroffen. Dennoch steckte in der verrückten Klarheit dieser Geschichte, in dem traurigen Ton dieses Bekenntnisses etwas Authentisches. Ich dachte nicht daran, einen Roman, sondern eine Art Tagebuch zu schreiben. Ich hatte ein Heft mit Aufzeichnungen vollgeschrieben, ich wollte das erzählen, was ich an diesen beiden unvorhersehbaren Abenden gesehen und gehört hatte. Und der Leser sollte daraus frei seine Schlüsse ziehen. Dennoch war ich nicht überzeugt. Wien zu verlassen schien mir, als würde ich eine noch offene Partie abbrechen.

Mir fielen seine letzten Worte wieder ein. Als er von Sophie sprach, hatte er gesagt, er wäre ihr gefolgt, wie er es geschworen hatte. Wohin gefolgt? fragte ich mich. In den Tod? Sicher nicht in den physischen Tod. Vielleicht hatte Varga von einem anderen Tod sprechen wollen, dem Tod der Wünsche, dem geistigen Tod. Und die Geige, »diese Geige«, woher hatte er sie? Hatte sie nicht der Polizeibeamte mit dem glattrasierten Schädel weggebracht? War er nicht in den Musiksaal von Schloß Hofstain zurückgekehrt? Manchmal streifte mich der Zweifel, ob dieser Varga nicht ganz und gar eine Posse gewesen war. Wenn auch eine ziemlich unheilvolle. Immer und immer wieder dachte ich über seine letzten Worte nach. Und plötzlich verstand ich, daß er mir, bevor er wegging, einen Hinweis hatte geben wollen.

»Besuchen Sie mich«, hatte er zu mir gesagt. »Dort unten kennen mich alle.« Dort unten, dort unten ... Er hatte wohl nicht auf die Hölle anspielen wollen, sagte ich mir, sondern sicher auf das Dorf, in dem er geboren war, wie hieß es noch? Nagyret? Es konnte nicht sehr weit von Wien entfernt sein. So mietete ich am nächsten Morgen ein Auto und machte mich gleich auf die Reise nach Ungarn. Ich hatte auf einer Karte nachgesehen und zwei Dörfer dieses Namens gefunden. Aber das Nagyret, das mich interessierte, lag, wenn ich mich recht erinnerte, dicht an der Grenze zwischen Slowenien und Österreich. Es war nicht leicht zu finden. Es war fast Abend, als ich in ein Dorf kam, das vielen anderen in der pannonischen Ebene verstreuten Dörfern glich. Eine Ansammlung niedriger Häuser, die vom Ockergelb ins Eisengrau übergingen, die aneinandergedrängt standen, als ob sie eine Hauptstraße bilden wollten mit vielen Nebenstraßen, die nirgendwo hinführten, nur aufs freie Feld. Ein Dorf, das einen verlassenen Eindruck auf mich gemacht hätte, wären dort in den kleinen Höfen nicht Wäschestücke zum Trocknen aufgehängt gewesen. Das einzige Gebäude, das sich von den Wohnhäusern unterschied, war ein anilinrot gestrichenes Kirchlein. Ich ließ das Auto im Schatten einer Ulme stehen und machte mich zu Fuß auf den Weg. Erst nach einer Weile konnte ich dürftige Lebenszeichen erkennen: einige Gardinen, die zur Seite gezogen wurden, einige Stimmen, eine alte Frau in Schwarz gekleidet, die sich bekreuzigte, als ich vorüberging ... Bis ich schließlich dahin gelangte, was das einzige Lokal des Dorfes sein mußte. Ich war schon zuvor im Auto daran vorbeifahren, allerdings ohne es zu bemerken. Es unterschied sich von den anderen Gebäuden nur durch einen schmutzigen grünen Vorhang, der den Eingang schützte, und einige an den Fensterscheiben angebrachte Aufkleber einer Biermarke. Es war ein Gasthaus, der geeignetste Ort, wie mir schien, um eine Auskunft einzuholen. Ich trat ein, wobei ich versuchte, Haltung anzunehmen, und richtete einen Gruß auf deutsch an die beiden Gäste und den Wirt, die keine Miene verzogen. Das Lokal war kahl, man ging auf gestampfter Erde, und von der Decke hing ein längst vollbesetztes Fliegenpapier. Der Wirt sprach mich auf ungarisch an. Offensichtlich fragte er mich, was ich wünschte. Auf dem hölzernen Schanktisch stand eine Korbflasche, aus deren Öffnung ein Plastikrohr mit einem Stöpsel ragte. Ich zeigte darauf, weil es das einzige Getränk in diesem Hause zu sein schien. Der Wirt säuberte den Schanktisch mit einem Lappen, nahm ein dickes Glas von einem hinter ihm befestigten Regalbrett und schenkte mir Wein ein. Ich setzte mich an einen Tisch neben dem Eingang. Der Wein, wenn es sich um Wein handelte, war von schlechtester Qualität. Nach einer Weile wagte ich, da ich mich beobachtet fühlte, einen Vorstoß. Ich fragte, ob einer von ihnen einen gewissen Jenö Varga kenne. Ich erhielt keine Antwort. Keiner der drei schien meine Worte zu verstehen. Ich sprach trotzdem weiter, weil der Klang meiner Stimme mich beruhigte. Ich sprach mehrmals den Namen Jenö Varga aus, ahmte dabei die Bewegungen eines Geigenspielers nach. Aber die drei Männer verzogen keine Miene. Der Wirt fuhr fort, in einem Waschbottich mit schäumendem Wasser Flaschen auszuspülen, die er dann umdrehte und auf einen Ständer zum Trocknen stellte.

Plötzlich erhob sich einer der beiden Gäste vom Tisch und ging hinaus. Ich blieb noch kurze Zeit sitzen und trank in kleinen Schlucken den säuerlichen Wein. Als ich jedoch aufstand, um zu bezahlen, gab mir der Wirt hinter dem Schanktisch ein Zeichen zu warten. Ich mußte nicht lange warten. Der Vorhang, der den Eingang bedeckte, ging auf, und der zuvor fortgegangene Gast tauchte wieder auf und bedeutete mir, hinauszukommen. Hinter ihm war ein alter Priester, ein Mann um die siebzig Jahre mit dunkler Hautfarbe, der in perfektem Deutsch zu mir sagte, er sei der Dorfpfarrer. Ich fühlte mich erleichtert. Ich ließ eine Münze auf dem Tisch und ging mit dem Priester zur Kirche.

»Sie sind wegen Jenö hier«, sagte er nach einer Weile. »Armer Junge, ein großes Talent. Hier erinnern sich noch alle an ihn.«

Ich begriff den Sinn dieser Worte nicht ganz. Wir waren an dem Kirchlein angelangt, aber der Pfarrer ging auf einem Pfad weiter, der um sie herumführte, und geleitete mich zu einem kleinen, von einer Steinmauer umfaßten Friedhof. Ich folgte ihm durch die Gittertür zu den Gräbern, bis er vor einem üppig von Saxifraga umwucherten Stein stehenblieb.

In den Stein eingraviert war der Name Jenö Varga sowie Geburts- und Todesjahr: 1919–1947.

»Es ist nicht die Person, die ich suche«, sagte ich zum Pfarrer. »Ich habe vor wenigen Tagen in Wien mit Jenö Varga gesprochen. Es handelt sich zweifellos um einen Namensvetter.«

»Vor wenigen Tagen?« Der Pfarrer schien verwirrt. »Und worüber habt ihr gesprochen?«

Ich erzählte ihm kurz die Geschichte.

Der Pfarrer schüttelte erstaunt den Kopf. »Es scheint gerade so, als hätten Sie mit Jenö gesprochen«, sagte er. »Wenn ich seinem Begräbnis vor vierzig Jahren nicht selbst beigewohnt hätte. Und da hinten – kommen Sie und sehen es sich an – ist das Grab seiner Mutter, die mit siebenunddreißig Jahren bei einer Geburt gestorben ist.«

»Nein, nein«, sagte ich mit Bestimmtheit. Und der Priester, der sich bereits durch eine schmale Allee entfernt hatte, drehte sich um. Dann fragte er mich etwas zögernd: »Sie sind sich ganz sicher, daß ...« Ich unterbrach ihn. »Ich bin mir über gar nichts mehr sicher.«

Als wir an der Gittertür des Friedhofs angekommen waren, lud mich der Priester in sein Haus ein. Aber ich sah, daß es Zeit war zu gehen. Ich antwortete ihm, daß ich eine dringende Verpflichtung in Wien hätte, grüßte ihn und ging. Nach wenigen Schritten vernahm ich noch einmal seine Stimme. Ich drehte meinen Kopf ein wenig, ohne stehenzubleiben, und hörte, was er sagte: »Manchmal finden die Toten die eigenartigsten Wege, mit den Lebenden zu kommunizieren.«

Auf der Rückfahrt schlief ich in der Nähe von Sollenau, vermutlich von der Müdigkeit überwältigt, am Steuer ein und kam von der Straße ab. Ich erwachte im Krankenhaus, beide Arme gebrochen und mit einer schweren Schädelprellung. Ich war zwei Tage lang ohne Bewußtsein gewesen. Als ich entlassen wurde, fand ich mein Gepäck mit meinen persönlichen Sachen wieder, außer dem Notizbuch, das auf dem Sitz neben mir gelegen hatte. Es war bei dem Unfall verlorengegangen. Hatte ich sie wirklich gemacht, diese Aufzeichnungen? Hatte ich Jenö Varga wirklich getroffen? Hatte ich tatsächlich sein Grab in Nagyret gesehen? Ich wagte nicht weiterzuforschen. Ich zog es vor zu glauben, daß Wirklichkeit und Traum sich nach dem Unfall dergestalt überlagert hatten, daß es nicht mehr möglich war, sie voneinander zu unterscheiden.

Epilog

Seit jenem merkwürdigen Treffen im Dorchester zu London war einige Zeit vergangen. Der Mann, an dessen Namen ich mich, auch wenn ich tausend Jahre leben sollte, nicht mehr erinnern werden kann (im übrigen aber hatte er auch auf meinen nicht geachtet), ging so, wie er gekommen war, trug eine unvollständige Geschichte mit sich fort, ein Geheimnis, das ich schwer glauben und niemals lösen werden kann. Die psychiatrische Anstalt erwähnte ich nicht. Als er nach der Herkunft dieser Geige fragte, log ich und sagte ihm, daß der Besitzer anonym bleiben wollte. Vielleicht hätte ich ihm etwas sagen, ihn auf die richtige Fährte bringen sollen, aber ich hätte es nicht tun können, ohne in der ersten Person aufzutreten. Und das wäre für mich sehr peinlich geworden.
Mein Chauffeur ist vor kurzem gestorben. Schwer zu glauben, wenn ich daran denke, daß ich ihn seit meiner Kindheit gekannt hatte. Ich trauere seiner Diskretion, seinem Stil, seiner Eleganz nach. Ich vermisse seine knappe Verbeugung beim Öffnen der Wagentür, seine

untadlige Livree, seine Art, die Handschuhe mit einem leisen Knallen zusammenzuschlagen. Ich sehne mich nach seinem Nacken, nach seinem sanftmütigen Blick, der sich im Spiegel reflektiert, ja sogar nach dem Schnitt seiner Haare. Niemals habe ich in den vielen Jahren, die er in meinen Diensten stand, ein Reifenquietschen gehört, noch ihn beschuldigen können, ein einziges Molekül der Bremsbeläge vergeudet zu haben. Es war die perfekte Symbiose zwischen Mechanik und Physiologie. Es war das Sanftheit gewordene Fahren. Angesichts seines Alters hätte ich ihn dort lassen wollen, wo er war, aber er hatte darauf bestanden, mir zu folgen. Leider war ihm das Klima in Europa nach den vielen Jahren in Südamerika nicht mehr zuträglich gewesen.

Mein neuer Chauffeur ist groß und sommersprossig. Er hat rote Haare, die er etwas länger trägt, bis auf den Kragen, er duldet keine Mütze und lehnt es ab, Handschuhe zu tragen. Als ich ihn am Ende des kurzen Vorstellungsgesprächs, nachdem ich ihm meine Forderungen erklärt hatte – es waren nicht viele und keine harten –, fragte, ob alles klar wäre und ob er seinerseits Einwände oder Fragen hätte, wollte er als erstes wissen – er bezog sich auf meinen Daimler –, ob ich mich noch lange dieses Erinnerungsstücks bedienen wollte. Und als ich ihm antwortete, daß ich keinen Grund sähe, ihn auszutauschen, verzog er den Mund zu einem feinen ironischen Lächeln, was nicht für ihn sprach. Leider ist es heute jedoch nicht einfach, einen guten Chauffeur zu finden. Man muß sich bescheiden. Es ist unnütz zu hoffen, daß dieser hier einen einzigen Finger rühren würde, um etwas zu tun, was nicht im Vertrag fest vorgesehen ist. Ich will nicht sagen, daß mein neuer Chauffeur respektlos ist, nein, das nicht, er hat nur einfach die Arroganz der Jugend. Häufig kreuzen sich unsere Blicke im Rückspiegel, und ich merke, daß ich beobachtet werde. Manchmal bin ich gezwungen, mich auf den Sitz links zu setzen, um seinem Blick auszuweichen, doch dann sehe ich das Bild eines bartlosen knochigen Raubvogels: Wo ein glänzendes und himmelblaues Auge gewesen war, erscheint jetzt das runzlige Gesicht eines Neunzigjährigen. Häufig muß ich mit dem Stock an die Trennscheibe klopfen, um ihn zu veranlassen, die Geschwindigkeit zu drosseln. Die Eile ist freilich ein Privileg der Jungen, und er ist sich nicht darüber im klaren, daß es gerade die Eile ist, mit der man das Leben verschwendet. Je mehr wir uns abhetzen, desto mehr verbrauchen wir von der wenigen Zeit, die uns zur Verfügung steht. Es ist wie bei einem Motor – sollte ich ihm sagen –, je schneller man fährt, um so mehr Benzin wird verbrannt. Auch wenn, was mich betrifft, der übermäßige Benzinverbrauch eine Sache ist, die mir auf der Welt die wenigsten Sorgen macht. Habe ich mich in der Jugend mit den Naturwissenschaften beschäftigt, so bin ich, zu meinem Bedauern, im reifen Alter zu Reichtum gekommen: Während ich nach dem Stein des Weisen gesucht habe, bin ich mit meinen Füßen in den klebrigen Schlamm einer Ölquelle geraten, die noch nicht erschlossen war. Und das ist die ernsteste Gefahr für den, der den Weg der Weisheit geht: der unwiderstehliche Glanz des Goldes. Auch wenn der Reichtum gewisse Vorteile birgt. Mir hat er im Laufe der Jahre erlaubt, alles wiederzuerlangen, was meiner Familie verlorengegangen war. Zuletzt die Geige, mit der diese Geschichte verknüpft ist.

In der Nähe von Innsbruck hat es angefangen, stärker zu schneien. Mein Chauffeur fährt, aus Gefälligkeit, langsamer. Durch die Halbmonde, die durch die starken Scheibenwischer der nun bereits zugeschneiten Windschutzscheibe freigehalten werden, erkenne ich vor uns ein Auto, das sich überschlagen hat und quer über der Straße liegt. Und Menschen mit gelben Regenmänteln und Blinklichtern in der Hand, die sich eifrig bemühen, uns eine Umleitung zu weisen.

Als wir die Landstraße verlassen, scheint es, als habe sich der Schneesturm im Schutz der Tannen plötzlich gelegt. Wir fahren auf einer engen und kurvenreichen Straße. Es ist fast dunkel und die Scheinwerfer durchdringen mit Mühe das flirrende Schneegestöber. Als wir an eine Kreuzung kommen, muß ich wieder an die Scheibe klopfen: »Hofstain liegt in der anderen Richtung!« rufe ich ihm mit schriller Stimme zu, wie ich sie an mir nicht kenne. Aber warum veranlassen sie mich, in meinem Alter zu schreien? Es gibt nichts Schlimmeres als einen aufgebrachten Alten. Mein Chauffeur setzt mit einem Achselzucken ein kurzes Stück zurück, damit er in die richtige Richtung einbiegen kann. Es hat sich noch nicht viel Schnee auf der Straße angesammelt, und mein treuer Daimler fährt wie auf Samt, ohne das geringste Anzeichen, ins Schleudern zu geraten.

Wir kommen am Schloß an, als es bereits Abend ist. Glücklicherweise lassen sie uns nicht warten. Wer weiß, wie lange die beiden Bediensteten mit uns gerechnet haben. Mit diesem Ehepaar hatte ich nur brieflichen Kontakt. Sie sind viel älter, als ich es erwartet hatte, nachdem ich ihr Alter zum Zeitpunkt der Einstellung gelesen habe. Er ist klein und schmächtig, sie überragt ihn um mindestens eine Handbreite und scheint die Lage zu beherrschen. Mit einer umsichtigen Erfahrung gibt sie ihrem Mann die nötigen Anweisungen, das Gepäck an den richtigen Ort zu bringen, und dem Chauffeur, sich im Dienstbotenflügel einzurichten. Alt sind sie, wie gesagt, wenn auch viel jünger als ich. Nur ist das ihre ein demütiges Alter, während das meine ein hochmütiges ist; ein resigniertes bei ihnen, bei mir noch eine Herausforderung. Ich bin der alte Schloßherr, für den bereits das Abendessen an einem Ende des jetzt leeren Tisches vorbereitet worden ist und alle Kamine und alle Lichter auf Hofstain angezündet sind.

Schließlich kostete ich lediglich ein paar Bissen und trank dazu ein Glas Burgunder, um eine so ausgezeichnete Köchin nicht zu beleidigen. Danach hatte ich den beiden Bediensteten Anweisung gegeben, sich zurückzuziehen und mich allein zu lassen.

Was bleibt einem Alten wie mir? Die Vergangenheit

bleibt, unser übervoller Abgrund, einige Erinnerungen bleiben, die sich manchmal auf den abschüssigen Rand setzen und wie Schmetterlinge in der Brise flattern.

Ich verlasse den Tisch mit dem noch fast unberührten Abendessen und gehe in den Salon. Ich setze mich auf das Sofa genau gegenüber dem Bild von Margarete, und mein Herz beginnt sich zu rühren. Wenn das Alter Gaben hat, sind es weder Weisheit noch Erfahrung, sondern die wiedergefundene Erinnerung aus unserer Jugendzeit. Sie erscheint mir jetzt deutlich mit ihren opalfarbenen Sehnen der Hand, die sich auf die Tasten des Clavicembalos legt. Ich sehe ihr Lächeln wieder, während sie einige französische Arien spielt. Und während sie *Le rappel des oiseaux* von Rameau spielt, schwindet im großen Garten bereits das Licht, und Vogelschwärme kommen aus allen Richtungen zu einem Stelldichein zusammen; die Zweige der Bäume sind in kurzer Zeit bevölkert, und es erhebt sich ein großes Geschrei, das beim Verschwinden des Lichtes abrupt verstummt. Es ist dunkel geworden. Ich zünde Kerzen an, damit sie die Partitur sehen kann. Sie lächelt mich an. Vielleicht teilt sie meine Gedanken. Im Lichte des Kandelabers scheint ihr Gesicht einem Bildnis von La Tour entsprungen.

Nie hatte ich sie so begehrt! Als erfaßte mich eine süße Halluzination, schien mir, als würde ich ihr eigenes Gesicht annehmen, mir war es plötzlich gegeben, ein anderes Wesen zu verkörpern, einen Augenblick lang hatte ich die Gunst, sie von einem inneren Feuer aus zu sehen, in der gleichen Weise, wie ich mich selbst sah, ich schloß die Augen, machte eine überraschte Geste, lächelte. Und ihr Gesicht ahmte das meine perfekt nach, ich war in ihr, und sie umhüllte mich wie ein festliches Gewand: Sie war die Haut und ich das Epithel, sie Ausdruck und ich Emotion. Aber sie blieb für immer die Frau meines Bruders.

Und ich konnte es nicht akzeptieren. Ich flüchtete ans andere Ende der Welt, nachdem ich geschworen hatte, nicht zurückzukehren, solange sie am Leben war. Aber ich hätte mir nie vorstellen können, daß dieser Brief, den ich an meine Mutter geschickt hatte, um ihr meinen Entschluß und den Grund meiner Abreise mitzuteilen, mit so großer Verspätung eintreffen und daß durch den merkwürdigen Fall einer falschen Identifizierung auf dem Familienfriedhof an meiner Stelle die Leiche eines unbekannten Selbstmörders begraben werden würde. Jetzt ist das Grab leer. Ich erfuhr auch von jener Nacht, in der der Leichnam heimlich exhumiert und in einer anderen geweihten Erde zur Ruhe gebettet wurde. Meine Mutter war diesen Aufregungen nicht gewachsen. Und blieb für den Rest ihres Lebens eine Gezeichnete.

Es kommt mir seltsam vor, daß jetzt zwischen den alten Steinen aller Mitglieder der Blau-Dynastie ein Stein steht, der schon meinen Namen trägt. Ich habe gesagt, von allen Blau. Tatsächlich fehlt jedoch einer. Aber bald wird auch er dorthin kommen. Ich habe noch den

Brief in der Tasche, den ich vor kurzem von der Anstalt MARIAHILF in Wien erhalten habe, wo mein Neffe die letzten geplagten Jahre seines Lebens verbracht hat, und ich widerstehe der Versuchung nicht, ihn noch einmal zu lesen.

Hochverehrter Baron Gustav Blau,
verspätet beantworte ich Ihre Anfrage. Ich habe in der Tat in der Anstalt MARIAHILF einen Patienten namens Kuno Blau behandelt. Ich erfahre aber erst jetzt, daß es sich um einen nahen Verwandten von Ihnen handelt. Ein typischer schizoider Patient mit Allmachtswahn (seine häufig vorkommenden Anspielungen auf die Unsterblichkeit), begann er im Laufe der Zeit immer häufiger Anzeichen einer Persönlichkeitsspaltung zu zeigen, bis er ein fast konstantes Stadium eines Wechsels der Persönlichkeit erreicht hatte, eine Spaltung in zwei deutlich voneinander getrennte Teile: der erste gefügig, charakterisiert durch Asthenie, Schwierigkeiten beim Gehen, Aphasie und Gedächtnisschwund; der zweite dominant, vollblütig, logorrhöisch, mit einer ausgeprägten musikalischen Begabung, die unter dem Namen Jenö auftrat. Die Geige jedenfalls schien die Verbindungsstelle, der trait d'union *der beiden verschiedenen Persönlichkeiten gewesen zu sein, unterschied sich jedoch bei beiden: in der ersten, mit dem Namen Kuno, war es reiner Besitzerstolz,*

mit einer gelegentlichen Neigung zum Fetischismus; in der auf den Namen Jenö ansprechenden dagegen reales Ausdrucksmittel (der Patient stellte sich als ein hochtalentierter Geiger heraus). In den letzten Monaten hat dieses letzte Stadium schließlich die Oberhand gewonnen, bis es das erste ausschaltete, in einem irreversiblen Wahnzustand, der bis zum Tod des Patienten durch Herzstillstand am 18. Dezember 1985 andauerte. Da kein naher Verwandter mehr am Leben war, wurde seine persönliche Habe verkauft, um wenigstens einen Teil der Kosten für den Krankenhausaufenthalt zu decken, und der Leichnam wurde auf dem Friedhof Baumgarten beerdigt, an dessen Verwaltung sie sich wenden können bezüglich aller notwendigen Schritte zur Überführung des Leichnams. Dieser Fall wurde von mir mit großem Interesse studiert, und falls Sie mehr darüber wissen möchten, empfehle ich Ihnen, die nächste Ausgabe der Zeitschrift »Die Neue Psychiatrie« zu lesen, in der er, unter Wahrung der Anonymität, detailliert beschrieben wird.